沙松 —— 著

不是为了告别
一位上海作家的战癌札记

文匯出版社

序

张重光

那天,我在作协大门口迎候他——一位来自大西北的退伍作家;他有个相当文艺的名字:沙松。

一张黧黑的国字脸,两眼生辉,两道浓黑的眉毛,不怒而威;中等个子,身板壮实,走路时一条腿微微有点跛,却还是毕端毕正、稳扎稳打,行进间隐隐透着行伍的风仪……我一眼就认定了他。他几乎也在同一瞬间认定了我就是他要见的那个人。

这便是我们结识的开始。我们之间有个朋友,名叫薄厚,时任陕西作协《东方》杂志编辑,1985年我和同事出差西北组稿,在西安结识的。虽说与薄厚仅见过一面,却因为他的热情敦厚便再也难以忘怀。这回他把沙松介绍给我,像是一次隔空的托付,郑重其事,让我明白了他们间的兄弟般的情谊，我自然也马上与沙松有了一种亲近的感觉。

沙松生于1954年，1966年时他才12岁，正好读完小学，这以后便读不到什么书了。好在父亲曾是部队高级干部，在他初中毕业不久便被送去部队。先当警卫员后当炮兵，然后由班长一步步升到指导员、副营长。

都说部队是所大学校。日复一日的军号"嘀嘀嗒、嘀嘀嗒"吹出了各种旋律，出操、训练、学习，跌打滚爬，风里来雨里去……近二十年的淬炼，朔气传金柝，寒光照铁衣，生生将一个青涩小伙子淬炼成一个百折不挠、坚韧不拔的铁血男儿。

不仅如此，沙松还摘得了一顶令人艳羡的桂冠——作家。

这对没正经八百读过多少书的沙松来说，绝对是一次羽化成蝶的蜕变。作家，并不仅仅只是"爬"成千上万的格子，更要紧的是悟性，汲取大地万物之精华，将真善美纵横纸上。

显然，一开始沙松并没想过要当一名作家，他只是爱好读书，平时手不释卷，见缝插针。书读多了，无形间便上了一个台阶。腹有诗书气自华，终于有一天他想到要诉说些什么了。

以诗言志，并且勇敢地投寄出去。没想到就像他当炮兵实弹训练首发命中目标一样,他的作品也在军报一炮而红。这以后他一发而不可收,并且开始尝试散文和小说。除了军报,还有当地报刊,屡屡出现他长长短短的作品。等他随同样在西北部队医院当护士长的妻子转业来上海崇明岛时,已然成长为一名创作颇丰的作家了。

沙松的新岗位是崇明物价局,我问他是否还有时间写作,他回答,有,不过只是休息天和晚上。我又问他家里居住情况,他说现在一家三口住一间,13平方米,孩子还小,他每天晚上得等妻子和孩子睡安稳后才开始动笔。

我小时候曾去崇明待过十来天,其间染上疟疾。我提请他也注意,他说没错,自己就是躲蚊帐里写作的……

那天的谈话,似乎还在眼前,掐指一算,却已经快三十年了。

三十年的来往,如今已经模模糊糊,就记得他每回来上海市区,总要抽出时间来编辑部看看我。我们谈他的小说,或是正在酝酿的构思,顺带也谈点别的话题,譬如电脑、股票等等。令我吃惊的是,他电脑会玩Photoshop(修改图片等),股票不仅会看K线图,还把"止损点""波浪"什么的,说得头头是道,让我亲眼见证了他颖悟过人之处。

有感而发，1992年我在给他的小说集《爱与恨》写的序中说，"他人很聪明，又有个朝南坐的差事，想要托个人，讲个情，办点事，是很方便的，若胆子大一点想'先富起来'，大概也是不难的，可是他对创作以外的事似乎看得很淡泊，安于清贫。此可谓人各有志，勉强不来的。"

三十年的来往，通常只有他的来而没有我的往，终于有一次他试着向我发出邀请，问是否有时间参加他儿子的婚礼。当时长江大桥还没通车，得在崇明住一晚，但我不假思索就同意了。成绩优异、最后留美工作的儿子是他的骄傲，我在他的博客上屡屡读到他如何育儿的博文，每每让我打心底里佩服。他的博文每次都吸引好几千人争相阅读，而且几乎每一篇都名列《教育杂谈》热门文章排行榜前几名。我曾跟他开玩笑，说像他这样的遗传基因，生一个孩子太可惜了，应该多生几个才对。我想亲眼见识一下他儿子，以及他在博文中一再提到的漂亮贤惠的妻子。

那天，前来喝喜酒的朋友很多；那天，他异常兴奋，不时大声用他的崇明普通话跟人招呼、碰杯，然后一扬脖子，主动把杯中的酒干了；那天，当他和妻子以及儿子、媳妇同框时，在场的所有人都羡慕不已，这一家的幸福指数爆表了，得妻若此,夫复何求?得子若此,夫复何求?人生如此,夫复何求?

那天,当新人入洞房,客人渐渐散尽,我问他以后是否有搬到儿子那里一起生活的打算,他泛红的脸颊顿时黯淡了,神色凝重地说,我想写东西,在美国我一个字也写不出来。当然,那也就意味着,以后他与妻子将永远和儿子一家相隔千山万水,各自生活在地球的另一半。

后来我与他一起参加作协小说、影视组的外出活动。那时他的髋关节已经开过两次刀,走路得拄拐杖,而且得提前一天住上海,第二天一早才能赶到作协。无论车上还是行走途中,或是围坐一起讨论创作,他一直开心得像个小孩,回家后还发博文,谈外出的感受,让他的粉丝分享。

这大概就是他为什么不愿意定居美国的原因。他喜欢这里的氛围:一群趣味相投的人,时不时聚聚,无话不谈,其乐无穷。他害怕孤独,害怕在异国他乡被边缘的寂寞。

他退休后,我跟他主要就在博客上来往了。我每有博文发出,第一个来助阵评点的总是他,而我却做不到赶先去读他的文章,因为他更新得快。好在他的粉丝多,不在乎少我一个。他每写一篇,粉丝们便蜂拥而至,为他点赞,并留下许多肺腑之言。

有一些时日没去他博客,那一天我心血来潮上去,看到的却是一个触目惊心的标题:战癌札记。

他得了胰腺癌,此病凶险。我紧张得不敢出声,把去他博客的痕迹也抹去了。我不知道该对他说什么,此时任何的安慰,对他来说都无足轻重,有时甚至会显得虚情假意。

我只是默默地看,看他一札一札地更新,像在看连载小说。在中国人的观念里,死是一个很忌讳的词,但他却决定"向死而生",把每一天都当作生命的最后一天去活着。

他写得如此坦诚,和盘托出,不得不让人敬佩他的达观与透彻。这也让我有了错觉,仿佛觉得他得的病没有传说中那么凶险,这病魔在他这儿就像台风登陆,势头减弱了,悄悄消失也难说。本来早有跟朋友一起去崇明看望他的约定,一下子也就没那么紧迫了,不是你忙就是我忙,一拖再拖,足足拖了半年多。

在他的文章写了二十四札时,忽然听到他已经难以进食的消息,我们这才又一次感到事态的严重,马上就决定了第二天就出发的行程。

尽管我们有思想准备,但病魔恣虐,他形销骨立的模样,还是让我们暗暗吃惊、心痛。可以想象那无数个日日夜夜的折磨，一般人遇上早就放弃抵抗认输了，但他还是顽强挺立着。

他的顽强倒不一定是表现在有多强的求生欲，而是他依然达观，把人生看得彻底而通透，这样的达观我们可以在他的《战癌札记》中看到，也在今天他跟我们的谈话中能明显地感受到。他不怨天尤人，不哭天抢地、抱怨命运不公，相反，他为自己的一生，为相濡以沫几十年的爱人，为出类拔萃的孩子，感到骄傲，感到心满意足。为此他心平气和，坦然接受命运的安排。要说有什么遗憾，他说今年还想和小说组、影视组的朋友参加一次外出的活动，只是可惜没机会了。

人生相遇，终须一别。分手时，他用了"诀别"两个字，并且终于泪如决堤。跟我们握手告别后，见我们还一步一回头的样子，竟然一手掩面，一手用力挥着向他爱人大声说：让他们走，快走！

两天后，沙松顽强地写出了《战癌札记》第二十五札。没想到，这竟成了他留在这世界的绝响。人们又一次读到了他的顽强求生和坦然赴死。

他的顽强曾让我"得寸进尺"地以为他的生命之火还旺

盛,还能燃烧,因此还给他提了几条意见,希望他修改,他回信给我说:您信中提的修改意见很中肯,很正确,我已经做了一些修改处理,其余则因近段时间体力精力严重不支而未作改进……

我事后回想,他此时其实已经油尽灯枯,而我却还想榨他的最后一滴油,我后悔不已。

沙松走了,他给我们留下了许多宝贵的财富。这些财富包括了他写的书以及无数篇吸引人的博文。书和博文中处处活跃着他的身影:战士、干部、恋人、父亲、朋友……从这些形象的背后,我们可以清晰地看到一条轨迹——一个作家的成长。

沙松以他的经历告诉我们,这世界总有一样有意义的东西让你爱不释手,如痴如醉;找到了,也就找到了自己存在于世界的价值。

沙松找到了,就再也不肯松手,直至他生命的最后一刻。

2019 年 9 月 14 日

自序

人生叵测,运道难知,谁能想得到厄运竟然在一瞬间就降临到我的身上了。

2018年10月9日上午八点多,从B超检查床下来时,我的人生之路即出现了根本性的逆转。B超初步检查结果,我罹患了胰腺癌,且占位在胰头部位并较大,不但侵占了十二指肠的静脉血管,还侵占约130度的肠主动脉血管,且胰头部分肿瘤B超初步测量下来有4.5—5.5厘米。这样大规格的肿瘤,按照胰腺癌的判定标准,基本上已属于胰腺癌的二期以上了。

平安祥和的生活,突然遇到这样的情况,于我而言,形同晴天霹雳啊!

看到肿瘤科的几个主任和护士关切的目光和目光里流露出的惊讶与惋惜的神色,虽然我不十分懂医,也能感知他们目光里的深层次含义:我的病情十分凶险且严重。

截至今日，查出罹患癌症已经两月有余了。这段时间里，我经历了人生中最难熬的日子。从最开始的震惊和对疾病的恐惧，以及对死亡的恐惧，到渐趋平静地接受现实和尽可能让自己能坦然地面对人生突然变故的过程，尽管才短短的两个多月时间，我所受到的精神冲击和对灵魂再重铸的历练，都是此前六十余年人生经历里所从未有过的考验和生死关头的心理磨砺。

遇到这样的情况，我本不想张扬，也不想让我个人的痛苦干扰影响朋友们的情绪。因此，在查出病情以及去美国看孙子期间，我没有对外透露患病的消息。但个人不外传不等于知情者不说，何况认识我的人挺多，认识木嫂的更多，这样的事情又怎么能瞒得住呢？当我们从美国回到家的时候，似乎这个消息传播的范围已经扩大了很多。这确实是我们始料不及的，越是不想影响大家的情绪，越是无法控制消息散播的速度和范围。毕竟，关心的人比较多，认识的朋友听到这样的消息，自然都会出于关心和担忧，格外地关注吧！

所以，从美国回到崇明的那段日子，不少朋友和同事以及文友等，闻听此讯，大多在十分震惊和关切之下，前来家中探望。那些天里，家里来探望的人络绎不绝。说心里话，我真的很感动啊！也许当你平时一切都好的时候看不出亲疏远近，然而当你遇到了天大的事情时，朋友的真诚体现得淋漓尽致。

面对朋友们关切的目光以及慰问等，我在感受温暖的同时，其实心理的压力还是很大的。虽然大家的关切让我感到十分温暖，但无形中也增加了很大的精神压力。尽管我不怕死，但是死亡对于活着的人来说，确实可怕。毕竟这不是简单的"生""死"两个字符所能涵盖的，可以说是一字之差、天地之别哟……生则可以享受灿烂的阳光，感受生命的快乐，死则一缕儿青烟坠入地狱的深渊。

出了这样的状况后，我似乎觉得这就是上天的安排，换句话说也是命运的安排。既然老天如此安排，既然我的命运出现这样的变故，作为我个人而言，不管怕与不怕，都是事实存在，都是你无法回避的现实，都要去面对。俗话说：伸头是一刀，缩头也是一刀。含笑迎之是面对，悲观苦熬也是面对。同样是死，我何不死得潇洒一些呢？

因此，我还是相当坦然和平静的。毕竟这是个你不管如何面对都存在的现实，以及以己之力不能改变的现实。既然不能改变，那么平静和坦然地面对它、笑迎它，也许是我唯一可取的态度和方法。

不知为何，我突然想起"斩监候"这个词。古代的"斩监候"一词，特指那些被判决死刑的犯人，错过了朝廷处决犯人的处斩期，而在监狱里监管和等候处决。而我这样从现代医学意义上基本判了"死刑"的患者来说，"赴死"是必然的，只是何时"赴死"则未定。所以，从这个意义上去看，等候"死亡"的过程，似乎也与"斩监候"有异曲同工的相似。区别也许是我不承受监管的束缚，而是自由地等待着人生终结那一天的到来，属于"家候斩"而已吧……

说实话，这段等待的日子里，我的思想和我的魂灵，以及我对人生的理解，确实出现了很多过去从来也没有经历过的洗礼和考验。这些经历对我来说，真的是不可多得的经历，而且不是所有的人都能有过的一种经历。于是，我萌生了把这段经历记录下来的念头，不为别的，只为以"战癌札记"名和完全纪实性的文字形式，真实记录下这段"家候斩"的情况，也在记录的同时，激励自己能以坚强的意志，坦然地面对疾病和战胜疾病。

至于这部《战癌札记》究竟能持续多久，那就看老天是否眷顾于我，赋予我更多享受生命的时光了。

我想，如果不是生命终结，我一直会记录下去的……

目 录

一	晴天霹雳	001
二	市区检查	008
三	喜忧参半	015
四	改签赴美	022
五	踏上美国	028
六	实情相告（一）	035
七	实情相告（二）	041
八	疼痛再起	049
九	很难理解	056
十	症状消除	065
十一	浏览公司	074
十二	含泪惜别	082
十三	如何治疗	090
十四	经历化疗	098
十五	上射波刀	106
十六	险入鬼门	114
十七	难控血糖	123

十八 病情有变	131
十九 浓浓亲情	136
二十 儿子回来	143
二十一 等待签证	151
二十二 世事难料	160
二十三 富阳求医	167
二十四 指标升高	174
二十五 胆管堵塞	179

一

晴天霹雳

  自八月底开始，持续了一个月的降血糖治疗，一直到九月底十月初依然稳定地控制血糖高的症状。

  连续更换和试用的几种降血糖药，似乎效果都不理想。家里的血糖测试仪也如同神经病一般忽高忽低，血糖指标更是时而高时而低的让人难以捉摸。

  也许是冥冥之中上苍对我们的暗示，血糖指标忽高忽低和极不稳定的情况，引起了我们的警惕。于是，我和木嫂商议后决定，不能再盲目地寄希望降糖药物的作用和选择，当务之急应该搞清楚病症的原因，只有查出了血糖指标不稳定的真实原因，才能有的放矢地去治疗。

  于是，10月8日那天，木嫂找到了内分泌科主任，提出是否做个深层次的检查。这位主任十分有经验，她根据我的血糖指标忽高忽低的现象，分析很有可能是胰腺方面出了问题，并提议我们做个全面检查。为了检查的方便，她专门开了住院单和安排了病床。

第二天一大早，木嫂按照那些血检化验单的要求，抽了我几十毫升鲜红鲜红的血。看着那七八个管子里的血，她心疼地说，今天回来多吃点肉，抽了这么多的血，要吃多少才能补得上啊！

随后与木嫂一起到了医院，把那些血检的管子交到化验室后，我们就去了B超室做彩超。

其实躺在检查床上我就觉得不太对劲，那个医生用检查的探头在我的胰腺部位反复地滑动着、检查着，两只眼睛紧紧地盯着B超显示器的屏幕。见她看得十分认真和仔细，木嫂的心里打鼓，我也觉得如坐针毡的很不自在。

没有想到的是，当我从检查床上下来时，医学意义上的"死刑判决"，也就基本确定下来了。B超医生很严肃和认真地对木嫂说：N老师，胰腺胰头部位的占位（医学用语）有五个多厘米，你们赶紧安排增强CT检查，确认病情和安排下一步的治疗。

木嫂听后有些不相信，以及还有些侥幸心理地追问了一句：有没有可能是囊肿？

医生很坚定地说：绝对不是囊肿，是占位无疑，这点N老师您千万不要掉以轻心。

听了她的话，加上木嫂退休后一直返聘在肿瘤科里，既然医生如此肯定地表达出病情，她哪里敢掉以轻心啊！她马上联系放射科去做增强CT检查。毕竟是工作的单位，放射科主任又是木嫂原单位的老同事和小弟兄，听说这个情况后，立即安排插队为我们做增强CT检查，并叮嘱操作员迅疾把检查结果发到医院内网。他收到内网传到的图片后，马上组织了几位有经验的大夫读片和会诊，最后确定胰腺癌可能性很大，并精准地测定了肿瘤的大小为2.9厘米。

其实，此刻医院肿瘤科医生办公室里，也是一屋子的医生和护士都关注着我们的检查结果。毕竟木嫂退休后返聘在这个科里，与大家相处得十分和谐。我的病情如何，也牵动着他们的心。

当我和木嫂返回科里时，他们马上围了上来。几个主任异口同声地说：你们要赶紧地去市区医院做PET/CT检查，看看是否有转移。只有检查清楚后，才能确定接下来的治疗方案。

我和木嫂此时其实都已经晕圈了，究竟如何处置这种特殊情况，两人脑子里一片空白。

在几个医生纷纷联系自己的关系，帮助我们尽快地去市区做PET/CT检查时，肿瘤科的Z主任安慰我说：木老师，你不要担心，治疗的方法很多的，一定可以找到最佳的方法。

听着他的安慰，我内心里十分感动，尽管以我少量的医疗知识也知晓，胰腺癌是癌类疾病中居恶性程度之首的癌种类，全世界的医学界对胰腺癌也是无能为力和束手无策。所以，既然得了这个病，理论上基本就是判了死刑了。他如此宽慰我都是出于关心，真实的情况，他肯定比我清楚很多，只是他怕我有精神压力而已。

我很能理解他的心情，也很感激他的安慰，但我知道问题的根本并非是如何治疗，而是如何延缓肿瘤的发展，防止和控制转移，以及当事者如何面对的问题。

为了平静一下我的情绪，我走到了病区外的空地上，点上根香烟慢慢地抽着。表面上看是我慢慢地吐着残烟，似乎悠然闲适和惬意，但是谁能知道此时此刻我的脑海里，正上下翻腾着惊涛骇浪……

说心里话，我真的感到十分委屈，也很悲戚。委屈的是我这辈子没做过什么坏事，自认为待人十分真诚和善良，在很多人眼里都是和蔼可亲的憨厚大哥，为何老天如此残酷地安排这样的厄运于我乎？悲戚的是才进入中晚年期间，无论是家庭和孩子等，都是众人眼里羡慕的一家子人，怎么在幸福日子如日中天之际，竟然要让我去承受如此凶险、悲哀的磨难乎？

虽然我这辈子一直很坚强，无论多大的艰难险阻，于我而言，从来没有畏惧和迟疑过，然而，在遇到这个生命难题时，我也失去了方寸，有些无所适从和不知如何面对了。

我不是畏惧死亡，也深知人这一生总是要遇到死亡的问题，只不过时间迟早而已。但平时我的身体除了几次骨科方面的硬病外，几乎没有器质性方面的疾病，怎么就在瞬间突然患上如此严重的病呢！真的是人有旦夕祸福啊！面对这突如其来的异变，让我始料不及和难以接受！

说实话，这根烟抽得很不轻松，内心里的翻腾让我都有种生不如死的感觉了。

此刻，木嫂从病区里出来对我说：他们帮忙联系去市区检查还没有最后决定，要不然，我们去食堂吃点东西吧！

我木然地点点头,跟着她来到了医院的食堂里,看着那些琳琅满目的菜肴,我一点食欲都没有。最后选择了红烧大排和几个喜欢的炒菜后,两人端着食盒坐下开始吃了。那些平素很喜欢吃的菜肴,此时却味同嚼蜡般的吃不出个滋味。但我又必须吃下去,既然已经确诊了病情,那么日后的治疗需要相对好的身体状态,如果我此时就忽视营养的补充,那如何去应对下一步的治疗呢?而且遇到这样的事情,木嫂的压力肯定比我大很多,我此时的任何悲哀情绪等,都会对她产生极其不利的影响。我必须强作欢颜故作笑地表现得轻松一点,虽然有些自欺欺人,但我必须如此。

当我努力地强迫自己多吃点的时候,木嫂的手机响了,是科里的L医生帮助联系的PET/CT检查有了回音,对方说下午可以安排检查,但需要空腹。听到这个消息后,木嫂马上让我停止进食。正在嚼蜡般强迫吞食的我,如同大赦般赶紧放下了筷子。

在确定了马上去市区做PET/CT检查后,我们马上去放射科里拿上增强CT检查的片子,立刻前往大巴车站乘坐大巴去市区。

在大巴车上,我一句话也不想说,也不知该说什么。尽管增强CT检查已经基本确诊了病情,但我内心依然怀着一种侥幸的心理,期盼着在崇明的检查只是误诊,并有一种急于在再一次的检查后,能排除崇明医院的检查的企盼……

可是,这可能吗?

二

市区检查

大巴士行走在长江隧桥上,我感到有些疲惫,想闭目养神一下。一会儿还要应对检查,以及在路上奔波往返,如果不养好精神将如何应对啊!

自从早上八点多下了B超检查床,并获知罹患胰腺癌的几个小时里,我的精神透支十分之大。毕竟这是我已经过去的六十四个春秋的人生里,顶破天的重大事件了!而且是让人震惊和一时难以接受的重大事件。

可是,当我闭上眼睛,眼前却一下子闪现出令人恐怖的死亡场面,恍惚中,似乎躺在棺材里的就是我自己。惊吓中我低低地叫了一声,并连忙睁开了眼睛。

坐在身旁的木嫂伸手抓住了我的手,问:你怎么了?

我支吾着说：没啥……没啥！遂坐直了身子，转头佯作看车子到了哪里以掩饰刚才的窘态，并问木嫂：到哪里了？虽然木嫂回答我说快进隧道了，似乎并没有察觉我刚才脑子里想的都是死亡的场景，但我明白，此时此刻她的心里也是乱麻一团。她和我一样承受着无情的压力，作为妻子，她所承受的压力会更甚于我。

我不敢多说任何，只是紧紧地抓着她的手，两眼盯着前面看着……

虽然两只眼睁着，但整个脑子里都充斥着我该如何办的疑问，以及近似于白痴化的紊乱思维。

一路上还算顺利，大巴到了市区的汶水路终点站后，我们很快乘上地铁赶到了位于桂林路的"全景医学影像中心"。

找到了L医生委托的医生后，她十分热情地给我们登记了相关的资料信息，即准备安排我们做增强核磁共振检查。我当时听了后忙问：不是安排我们做PET/CT吗？

她问：你们不是来做核磁共振的吗？

木嫂连忙解释说：他做过双髋关节置换术，体内有假体，无法做核磁共振。

这下子让L医生拜托的那位医生为难了。原来她以为我们是要做增强核磁共振，并询问后确实可以安排才通知我们过来的。没想到我不能做核磁共振，而PET/CT的检查已经排到深夜十二点以后了。

为慎重起见，她去寻找安排PET/CT的医生。内部之间也好协商，对方同意安排检查，但是得零点以后了。于是，她询问我们：安排在零点后你们还做吗？愿意做她就去安排，还关切地对我们说：检查的时间太晚了，你们肯定回不去崇明了，我去和他们商量一下给你们点优惠，算作住宿补贴费吧！

我们已经很麻烦人家了，何况她还考虑我们无法赶回崇明，给予检查费的优惠补贴住宿费！我俩连声感激地答应了。

看时间才下午三点多，距离零点的检查还有很长的时间。我对木嫂说：我在这里等着，你先去附近的宾馆订个房间吧！

等在大厅半个多小时后接到了木嫂的电话，告诉我，早上出来没想到会到市区住宿，她的身份证倒是随身带着，而我的还在家里呢！她走了几家宾馆登记都要求出示身份证，即便是夫妻也必须有两人的身份证。我一听作难了。虽然不至于露宿街头，但在半夜时分做好检查再去寻找不要身份住宿的旅馆，也要颇费一番周折！于是我说，那你赶紧回来，我们再想办法吧！

在她朝回返的时间里，我站在外面的空地上，点了根香烟有些不知所措了。此时我想到了妻弟。妻弟这个"小舅子"，对木嫂和大姐，那绝对一个字："好。"我们遇到这样的事情，别人可以不告诉，但还是应该让木嫂的兄弟和姐姐知道，何况明天才能拿到报告，还需要他或者姐姐来拿检查报告。于是，我拨通了妻弟的手机。

接通后，我强装着用轻松的口吻对他说：我可能中标了。

他听了后说：是吗？好啊！什么时候去上牌？

我一听就明白他理解错了，此前他知道我们要拍一张上海市区的车牌照，还以为我们中了市区车牌照的标书呢！

我连忙说：不是那个中标，而是我的身体可能中标了，初步查出胰腺癌了。

电话那头的他显然被这个消息惊呆了，追问了一句：什么？真的吗？

待我再一次明确告诉他后，他沉默了。

我能理解他的沉默。毕竟这样的事情太大了，尤其是他的爸爸妈妈都离开后，他是家里唯一的男子，也就是家里的顶梁柱了。遇到这样的情况,他难以接受是完全可以理解的。

但几乎就在瞬间,他急切地询问我们在什么地方,让我把定位发给他,他马上赶过来。

我询问他在哪里,他说还在宝钢呢!我心想,宝钢到市区还早着呢!即便是顺利也要两三个小时后了。

这时木嫂回来了,我对她说,我已经给弟弟说了这件事,他让你把定位发给他,他要过来。木嫂显然对我把这件事告诉弟弟稍微有些意外,但旋即她就释然了。毕竟此前我们还商量过让弟弟或者姐姐来这里拿报告。

不到六点之时,帮我们定检查时间的医生,找到了我们说:六点多有个空当,可以想办法安排你们做。我听了后十分高兴,知道是L医生又帮我们联系了。这下好了,我们检查完后说不定还能赶上末班车回崇明呢!

正在准备进去检查的时候,妻弟和妻姐的电话打了进来,告知他们到了。我忙对木嫂说:我在这里等,你去接接他们,有些情况也和他们说说,我要检查不能吃东西,你们一起去吃点饭再回来吧!

木嫂走后,我静静地等在候诊区里。

此时此刻,我的思绪平静了很多很多,也许是告知了她家人,他们之间相互协商的作用,比让木嫂一人承担压力会更好些。虽然木嫂是个很坚强的女性,平素遇到什么事情都是自己挺下来,但这次的事情真的太大了。鉴于他们姊弟三个感情相当好,彼此的关系那是绝对没得说了,我希望妻弟和妻姐能宽慰木嫂并协助她承受这突如其来的压力。

说是六点钟的空当,可是真的进了候检室,直到八点多才进入 PET/CT 机房。此前还按照要求喝了七八纸杯的水,以及打一些检查的药水等。

快八点半的时候,我进入机房并躺在检查床上开始检查了。

听着机器"嗡嗡嗡"转动的声响,我的心里又扑腾开了:会不会有转移?转移到哪里?转移的部位多吗?

在半个多小时的检查过程中,我的脑子一团乱麻……

出了检查室后,我一口气吃了两个肉包子,喝了一瓶酸奶,这才缓解了饿得肚皮贴脊梁骨的难受。

妻弟本来想安排我们去他的家里住,但我想到我的身体情况,住在他家会带去霉运的,坚持不去。妻弟见状说:那我送你们回崇明。

起初想着太麻烦妻弟了,但想想也只能如此了,辛苦他一下就辛苦他一下吧！于是，我们坐进了妻弟的车朝崇明奔去。此时已经是九点多钟了。

当我们的车子上了长江隧桥的大桥时，与我同坐后座上的木嫂握住了我的手，轻声地对我说：放心吧！不管遇到什么，我都会陪着你的！说着还用力地握了握我的手。我的眼泪顿时涌出了眼眶，并默默地顺着脸颊滑落了下来……

什么是患难夫妻啊！这就是患难夫妻，这就是相依相伴三十六年的夫妻啊！

我也用力地握住了她的手，两人的手相互交叉地紧紧地握着、握着……

这个瞬间，我顿时有了无比坚强的信心，以及激励自我的信念。并在心里默默地对自己说：一定要好好地活下去，多陪伴她几年，不，要争取永远地陪下去……

三

喜忧参半

第二天早上快九点之时，妻弟和妻姐的电话就打过来了。据他们拿到的检查报告来看，结果是喜忧参半！

喜的是全身扫描下来，除了胰腺原发部位外，体内别的部位没有出现转移的迹象。忧的是胰腺癌的诊断基本确定，且再次测定肿瘤的尺寸是3.1厘米。这个测定尺寸和增强CT检查的不一样，估计是测量的位置和角度不同，但是肿瘤达3厘米是基本确定了。而且血液检查的CA19-9指标达到了160多，可以初步确诊肿瘤属恶性的。

昨晚妻弟送我们回家后，为了咨询下一步如何治疗，木嫂把增强CT检查的片子和报告，发给了已去上海国际医疗中心任院长的老领导。老领导看过片子后，立刻与上海市肿瘤医院的 Y 教授联系，约定让我们第二天九点左右，拿着 PET/CT 的片子和报告去让他检查，听听他的诊断意见后再做治疗决定。于是，木嫂赶紧通知了妻弟，让他们去肿瘤医院找 Y 教授。

十点半左右的时候接到了妻弟的电话，说 Y 教授看了片子后已经开出住院单，安排我马上住院做手术。并告知他现在就去里面与教授安排的医生见面和办理住院手续。

马上手术，对于我来说，真的是很为难了。

昨天一天的经历，让昨夜看似闭着眼躺在那里的我，脑子里始终盘旋着如何治疗的问题。

说实话，看多了身边朋友去世前的凄惨情景，回味那些朋友临死前骨瘦如柴、神志不清、身上插满了管子的样子，我真的不想那样死去。

既然这个疾病的发展趋势是必然死亡，我又不想死得很难看，于是我作出了自己的决定，那就是：不手术和不做放化疗等过度治疗，任疾病发展吧！也就是上海话说的"横竖横"，以及陕西话"怂管娃"的态度，不治疗不管它了。实在很疼就吃点止疼药，起码不在死前遭受更多的痛苦。

所以，听到安排住院手术的情况，我立刻对木嫂表示：我不做手术，坚决不做手术。虽然看到木嫂的目光里闪现着失望的神色，但我还是坚持这样的决定。并告诉她，我已经做好了赴死的准备，活着一天就开心活一天，不手术不化疗放疗的过度治疗，我还要按照原计划（早就订好10月21日去美国的飞机票）去美国看儿子和孙子，这样死的时候也能闭上眼没什么遗憾了！

木嫂听了我的话后，虽然表情上看不太出什么，但多年来的夫妻相处，我知道她内心一定翻腾着，不知道如何回答我了。

此时妻弟的电话又打了过来，木嫂接完电话后对我说：里面的住院医生看过我的片子后，说肿瘤压迫十二指肠动脉血管，手术风险很大，需要先做几次化疗后，看看肿瘤是否缩小和满足手术指征，再决定是否手术。

吁……听了她的话后，我顿时觉得轻松了不少。说实话，我很理解亲人们的心情。面对家人遇到这样的病，他们的心里肯定是哪怕只有百分之一的希望也要努力争取，绝不放弃。可是，他们哪里能体会到作为当事者的我，却要违背自己的意愿去被动地接受哟……

回到家后，木嫂给我挂上医院开的为化疗做准备的保肝和保胃的药物和盐水后，问我，医生的意见是先做化疗，你看如何呢？

我思索了一下后说：既然无法手术，我也不想化疗，我唯一的心愿就是去美国看看孙子。看了孙子后，我死也能闭上眼了。

木嫂很理解我的心情，说：我明天问问科里，如果他们说你可以去，那我们还是按照计划去，如果他们觉得你的身体情况不允许的话，咱就不去了。

我听后有些着急地说：身体不行我才更要去，哪怕去一天也好。

木嫂说，再说吧！

当夜无语。

也许是不手术，以及我表达了对这个病的治疗意图，加上及时调整了心态，这个夜里竟然睡得很香甜，九点半上床后，一觉醒来已经是第二天的六点了。醒来后看到木嫂的两只熊猫眼，我顿时觉得十分内疚。看她那个样子，肯定是一夜未眠啊！

吃好早饭后，木嫂去了医院，一个是咨询下一步如何治疗，另一个也咨询一下我的身体是否可以去美国。

肿瘤科 Z 主任的意思，既然订好了 21 日的机票，那就利用之前的一个星期，做一次静脉输入的大剂量化疗后再去。因每次化疗之间的间隔是一到两个星期，那回来后接着做第二次化疗。但 Y 主任的意思，不能上大剂量化疗，做化疗后身体肯定会有不适，万一出现什么状况，那有可能就是凶多吉少了。他建议口服小剂量的化疗药物，再带点应急的药品以防万一。

面对两位主任的意见，木嫂当时也不知道如何采纳。于是，她又把去肿瘤医院检查的结果告知国际医疗中心的老领导。老领导也表达了对手术不持支持的态度，并建议我们尝试做重离子治疗。听说我要去美国的想法后，他建议要去就早去早回，别耽误最佳治疗时机。

这种情况下，木嫂在医院里开了口服的化疗药"替吉奥"回来，准备按照医生下的医嘱药量让我服用。

说实话，我的心里是抵触服用化疗药物的。既然决定不手术不化疗和放疗的过度治疗，那服用化疗药岂不是违背自己的意愿了啊！于是，我对木嫂说，我不吃药。

木嫂手里拿着准备好的药并倒了半杯温水，看着我沉思了会儿后说，你不是想去美国吗！既然去美国，那你还是要吃点药，这样药物能稳住肿瘤不发展。科里的医生都担心你身体不能承受旅途的劳顿，并没有给你安排做静脉滴注的大化疗，开点药也是希望能维持着不让肿瘤再发展而已。

听了她的话，我很理解她的心情，此时此刻她也希望我的疾病不要继续发展，如果我拒绝服药的话，那不是也伤了她的心啊！所以，盯着她手上的药，我犹豫了好一会儿，才接过来很不情愿地吃了下去。

晚上躺在床上我对木嫂说，我必须去美国，否则日后病情发展的话，我有可能看不到孙子了。看不到孙子，我死了也闭不上眼的。

木嫂听了这话后，没有吭气。好一会儿才叹了口气说，我理解你的心情，也希望我们能顺利地去美国看孙子。可是目前的情况下，究竟如何治疗确实很难抉择，而且你的身体是否能承受飞机上的十几个小时呢！

我说，身体应该没问题，虽然有些背疼和胃疼，但我能忍得住，起码去美国这段时间我想我的身体能挺得住。真的疼得厉害了就吃个止疼片。

木嫂听了后说，再说吧！随后给我掖了掖被子又说，睡吧！然后她关了灯，翻了个身背对着我。

见状，我也闭上了眼准备睡了。不一会儿，我就进入了梦乡。

不知道过了多久，与我们的卧房一墙之隔的阳台改建的小书房里传来了木嫂打电话的声音，蒙眬中听不清楚她说的什么，也无法辨别她给谁打电话。

透过窗帘透进来的微弱灯光，我看着墙壁上的挂钟，时间指向了凌晨一点二十五分。

我十分奇怪，这么晚了，木嫂给谁打电话？

四

改签赴美

正在我揣测着木嫂这么晚了和谁通电话时,一阵手机铃声又响了起来,透过窗棂的罅隙,隐约听到木嫂对着来电说什么支付宝付款成功等,并在询问选座等。

这只言片语的话,让我听得丈二和尚摸不着头脑。我的睡意一下子全没了。

过了好一会儿,外面书房的灯光熄灭了,紧接着传来了木嫂的拖鞋声。

看她进到卧室后,我问,你在干吗?

她脱了衣服钻进被子后说,你不是坚持要去美国吗!我刚才想着是不是可以改签机票提前去,所以,我起来在电脑上办理改签机票的事呢!这样既满足你去美国看孙子的愿望,也不耽误更多治疗的时间。

那你办好了吗？

办好了，14日的飞机去，21日返回。

我十分惊讶地转过头，透过黑暗中微弱的光亮，说，你真行，怎么想到改签机票的呢？

本来也没想到改签，是你坚持要去美国看孙子，我躺在床上睡不着，所以，起来试试看，没想到改签这么麻烦，银行卡付款怎么都付不了款，最后还是用支付宝付的款。

我问，改签是不是要加钱才可以啊？

是啊！要在原先票价上加收现在票价的差价。

增加了多少钱啊？

六千多吧！

听到木嫂说又花了六千多，我多少有些心痛，原先的票价来回才四千多，现在加上去每个人就七八千了，但我没有吭气。

木嫂大概揣测到我的心理活动，说，现在就别去管花多少钱了，只要能满足你去看孙子的要求，花再多的钱也行。

她的话让我真的好感动啊！木嫂出身农村家庭，平时是个很节省的人。自己从来舍不得买好衣服穿，从来不用高档的化妆品，总是一副素衣淡妆的打扮，可为了我……她真的是豁出去了。

我不知道该说什么了……随后，很长时间里我都无法入眠，眼前闪现的都是木嫂为了这个家所付出的心血和艰辛……

为了能保障我去美国期间不出问题，第二天一大早，木嫂就开车去了单位，与几个医生和主任商议并开了不少应急药品，以备我在路上和美国期间出现特殊情况时使用。

看着她抱着一大堆药品回来，我感到很奇怪，问，不是就一个星期啊！你开这么多药干吗？

她说，医生们建议我多带些应急的药品，你看，这是护肝护胃的药，防止出血的药，还有止疼药和一些增加白血球和胆红素的药，以及升高血小板的药。你吃化疗药"替吉奥"后，一般都会出现红白血球和胆红素以及血小板降低的情况。如果降得太厉害了，你会感到很疲乏的。说完，她笑了笑又说，你别管了，有备无患，多准备一些，到时候用起来方便。

看着她把那些药品分门别类地从包装盒子里拿出来，装到一个大的塑料方盒子里，一只塞满了又装满一盒后，我觉得她有点小题大做了。前后才一个星期，能出多大事啊！但我看着她一副认真和一丝不苟的样子，内心里感受到的是妻子的那一份真情！她是真的怕我在路上出事！虽然她也知道很多药品未必能用得上，但能多带点就多带点，她的心里可能会感觉更踏实一些吧！

于是，我很理解地说，你辛苦了，你先准备吧！我去装箱子了！

我到了另一间屋子里，忙乎着把此前准备的一些给孩子们带的东西归了归类，一件件地装到了箱子里，还不时地把箱子放在地秤上称一称，按照航班的要求分装在两个皮箱里以防超重。这不是多余的。上次我们送孩子去美国时，孩子的箱子就超了两三斤也被机场给卡下来，后来孩子只能从箱子里拿出一身西装，才算是通过了托运行李的那一关。后来孩子是拎着西装上的飞机。

等我把两只箱子都装好后，累得满身是汗。大概是累了，此时感觉到胰腺部位有些疼痛，我用手按压住疼痛的部位，坐在矮柜上歇着时，猛地听到木嫂走过来的脚步声，我连忙把按压在疼痛部位的手拿了下来，并站起身装作没事人一般的，对木嫂说，我基本装好了，你看看还有什么需要装进去的。

木嫂说，我刚才想起来了，不该把药都装进托运的箱子，应该把各种药都拿出两天的用药量，单独装在随身的小箱子里，这样飞机上要是吃的话拿起来方便，否则装在托运的箱子里怎么吃啊！

我刚才匆忙站起身掩饰着疼痛的样子，是怕木嫂担心我，若是她看出我依然有疼痛感，也许会阻止我去美国！所以，听了她的话后，我说，好的，我打开箱子你拿药吧！拿好了我再装箱。

准备打开箱子的时候，我感觉到胰腺部位一阵疼痛，但为了不让木嫂察觉，我强忍着疼痛打开了箱子，并看着她从药盒子里分别拿着药装进另外一个小塑料盒子里……

好不容易等到她整理完了，我才又把药盒子装进箱子里并且拴好了箱子上的皮带。刚直起腰的时候，突然觉得眼前一阵发花，险些一头栽在箱子上，我忙用手撑住了箱子，才算是稳住了身子，并连忙转过头，怕木嫂发现了。此时，看到木嫂正拿着刚才整理出来的药，朝着另外一个随身带的小箱子里塞着，并没有注意到我刚才的样子。

我真的很庆幸她没发现我差点头昏栽在那里的样子，要是真的被她发现了，依照她的性格，绝对不会让我去美国了。

哪怕机票退不了，两人近两万元的机票费全部损失了，她也会因担心我撑不住而坚决地不同意我去美国。

本来我们准备自己开车去机场，之后把车子存放在机场的停车场里，等回来时再开回来。后来想来想去，还是觉得不行。一个是机场是不是可以让我们存放一个星期，另一个是坐了十几个小时的飞机，再开车回来，身体能否吃得消？

最后还是木嫂联系了原先单位的一位同事，也是平素来往密切的小兄弟，拜托他送我们去机场，并在我们回来时去机场接我们。

这点上我要说说，木嫂的为人真的很不错。转业这些年来，无论是原单位还是现在单位的同事们，对她绝对的都很好。无论遇到什么事情，只要她一声招呼，那些同事绝对都是倾力相助的。所以，当木嫂的电话打过去后，小兄弟满口答应了下来。

一切都准备妥当后，第二天，也就是14日一大早，我们开着车子到了小兄弟的单位，他马上接过方向盘，开着车载着我们直奔浦东机场……

五

踏上美国

飞机经过十一个小时多的飞行,终于降落在了旧金山机场。空中飞行的这段时间里,我一直都在想如何对孩子们说。想了很久也不知道该如何说!最后索性不去想了,车到山前必有路,看情况处理吧!

经过将近一个小时的排队等候并通过了入境审验后,我们推着行李走出了机场大厅,却看不见接机的儿子。原来,我们出来的口子是外国人的出入口,而儿子和儿媳等在了美国人的出口。其实,在入境审验前,警察已经把持美国护照的旅客和持外国护照的人员分开到两个区域入境了,只是孩子们不清楚而已。

我们的国内手机也没办法和孩子联系,微信也没有信号。

木嫂说，你等在这里别动，我去那边看看。我有点担心地说，你可别乱跑啊，一定记住我站的地方，找不到还是回来死等他们吧！她说，好。然后匆匆地进了大厅朝另一个方向走去。

我傻乎乎地站在机场大厅门外的路边等着，好一会儿不见木嫂回来。正在着急时，突然听到身后传来一声"爸"的称呼，转过脸看到儿子抱着他儿子，笑眯眯地凑了过来。哇……看到孙子那张稚嫩的小脸，以及笑眯眯的神态，我的心里真的是说不出来的高兴和欢悦啊！儿子又对孙子说，快点喊"爷爷"。

孙子瞪着一双迷蒙的眼睛看着我，也许是很认生的没有马上叫，也许在想"爷爷"是什么含义啊！当儿子再一次地催促孙子叫我"爷爷"时，我对儿子说，别难为孩子了，爷爷这个名词在他的脑子里还没有什么概念！我刚说完，孙子竟然稚声稚气地喊了一声：爷爷！

听到孙子喊爷爷了，我真的开心得不得了了。这可是孙子来到这个世界上第一次喊我爷爷啊！我激动地伸手就要从儿子的怀里把孙子抱过来，没想到孙子扭着身子不愿意，并在儿子的怀里转过去双手抱住了儿子的头。

我笑着说，傻小子还认生啊！

这时儿媳妇也过来了，叫了我一声"爸爸"，随后又说，不好意思，我们等错地方了，让你们等的时间长了。说着就上前要从我的手里接过行李车。我阻拦着说，没事，我来推，你们车子停在哪里？她说，在楼上的停车场呢！说着她伸手扶住行李车推着朝前走了。我赶紧和她一起推着车子。

这时，听到身后儿子在给孙子说，爷爷奶奶从中国来看我们了，你高兴吗？

高……高兴的。孙子似乎要反应一会才能回答，而且他说的中文和外国人说中文一样的拗口。我转过身对儿子说，你们平时在家里还是要和他说中文，你看他听了中文后要反应一会儿才能回答。

儿子说，没办法，他整天在幼儿园里和其他的小朋友一起，总是说英语或者说西班牙语。

西班牙语？我有些奇怪地问。

儿子说，是啊！他班里的两个老师都是西班牙裔的，她们时不时地用西班牙语和他们说话，所以，小包子（孙子的小名）也会一些简单的西班牙语，有些还说不完整，但是他能听得懂老师说的。

我说，那他学说西班牙语，你们能听懂吗？

儿媳说，平时说得多和简单的会话，我们也懂和会说了。

我说，我孙子真不简单啊，才三岁就会三国语言，那再大点可是不得了啊！

一家人就这么说说笑笑地来到了停车场，上了车后，儿子问我们饿不饿，我看看表是美国时间上午十点多，说不饿，这才几点啊！

儿子说，那这样，我们先回家把东西放下来，然后出去吃饭。我侦查了一家饭店，是专门卖陕西风味食品的，虽然门面不大，但生意很红火，咱们去吃吃看。

我说，你安排吧，来美国了就听你的安排。不过，回家放东西绕路吗？

儿子说，不绕路，吃饭的地方路过我们的房子。

我说，你们这里离开海边远吗？我想去看看大海，这么多年了一直想看看蔚蓝色的大海，却一直没有如愿。

儿子说，不远，开车一个多小时吧！咱们吃好饭，你们感觉不累的话，我们就可以去。

说话间，车子就开进了儿子居住的小区，这是他们去年底买的房子。下了车后，我站在敞开式的院子里看着这个小区。本以为儿子说的公寓房就是和我们国内的小区差不多，也是楼挨着楼的一排排地排列着。但仔细看看，却大为不同，整个小区都是二层楼的建筑设计，一个门洞四户。最底下那层是车库，分别标注着各家的号码，四周的房子是回字形的排列，中间是草地和高大的绿化树，小区很安静，不知道是大家都上班了，还是小区的住户很讲究环境的安静。此时此刻，除了我们几个人拎着箱子朝儿子居住的二楼走去时发出的声响外，听不到任何别的声响。

上了楼后，看到楼后的园地上，建造了一个精致的游泳池，有不少人带着孩子在游泳或者躺在椅子上晒日光浴。虽然整个游泳池里有二三十人在活动，却听不到任何喧闹声，偶尔传来的几声说话声，大多是平和的声音，给人一种很祥和的感觉。看来，居住在这个小区的人，多是文化人，素养很高。我问儿子，这里的居住者大多是干什么的啊？

儿子说，具体干什么不是很清楚，不过，我们这个小区也算是硅谷里比较好的小区了。不但管理得好，而且环境也是很不错的。在旧金山这样很缺水的城市里，这里的绿化一直保持得很美。

我仔细地环顾了四周，确实如儿子所说。小区住房的四周除了绿茵茵的草地外，都是几十米高、直径挺粗的大树。

虽然用高耸入云来形容其高有些夸张，但是直径几十厘米粗的树，树龄绝对都在几十年以上。那些错落相间的大树，在小区里比肩接踵地排列着，高大的树荫相互交错着，把整个小区护卫在一片绿荫之中，真的有种融入大森林的感觉。居住在这样的环境里，真的很棒啊！尤其令人惊奇的是，随处可见上蹿下跳的小松鼠，它们忽而在草坪上奔跑，忽而蹿上大树瞪着两只小眼睛好奇地看着我们。也许是和人相处得比较和谐吧！它们丝毫没有畏惧感，而是一副闲适的神态。

我对儿子说，这里的环境真好，你看小松鼠都不怕人。

儿子说，它们在这里生活很安逸的，有时候我们走过去，它们还蹿到我们的脚下，一点也不害怕。

我说，这是在美国，要是在国内，肯定会有人抓的。

儿子说，这里是不允许抓小松鼠的，要是谁抓了被人家发现会报警，而且警察也会抓的。

我没有再说什么，但是心里的触动还是挺大的，美国好不好我们不去评论，但是他们的法治约束很严厉则是有所耳闻的。哪怕是过马路闯红灯，都会被处罚的。

提着行李进了家门后，我环顾着这套九十多平方米的房子，觉得似乎得房率很高，问儿子，这房子感觉上挺大啊！

应该超过九十平方米了。

儿子说，美国的房子是按照房屋实际使用面积来计算的，九十平方米就是屋内的使用面积是九十平方米，余下的车库和公用面积都不包含在购买房屋的面积里。这样算下来，加上底下属于我们的那个二十多平方米的车库和公摊面积，相当于国内130平方米左右的房子。

我"哦"了一声后心想，这种计算方式还是挺合理的，不像国内，说是一百平方米的房子，实际只有七八十平方米，公摊面积二三十平方米不说，还全是业主埋单。

放下行李后，我们稍微洗了把脸，儿子说，咱们去吃饭吧！

于是下楼上车，直奔儿子所说的"陕西小吃店"而去了。

六

实情相告(一)

车子开了二十多分钟后来到了一个商业广场,下车后眺望一下,感觉这里应该是华人商贩居多的广场,因为很多商铺的招牌上使用的都是中文。

走进那个标着"陕西风味饭店"牌子的餐馆,果然坐满了食客,而且全部都是华人模样的人吃饭。看来,喜欢陕西风味的人还是以华人为主。这和我们上次来美国在纽约的中国餐馆吃饭不一样,那里多数是外国人,华人倒占很少。

等了一会儿,服务员才把我们带到一个刚腾出来的小桌子旁,看到我们四个人带了个小孩,他还很细致地把一把儿童用的椅子搬了过来。

饭前我想,孙子如何吃饭呢?也是填鸭般的喂饭吗?

答案很快揭晓了，我们要的羊肉泡和肉夹馍，还有辣子大盘鸡面条上来后，只见儿子从盘里给孙子捞了几根面条放在他面前的盘子里，随后用湿纸巾给孙子擦了擦手，说了声，你吃吧！然后坐下自顾自吃了起来。孙子也不说话，手抓着面条就吃了起来。看到孙子盘子里的面条吃完了，儿子又用筷子给他捞几根面条，任由他自己吃。

看着孙子埋着头吃饭的样子，我真的挺佩服儿子和儿媳的，他们带大的孩子真的和国内人带的孩子不一样。那些孩子有不少都是大人追着喂他们吃，还拧三拧四的不好好吃，喂孩子如同填鸭般费劲。而孙子，只要给他准备好了就埋头自己吃，一点也不要做父母的操心。看来美国长大的孩子是不一样啊！

别说，这个陕西小餐馆做的陕西面食还是很不错的，除了羊肉泡的味道也许与本地购买的羊肉有关，显得有些寡淡和缺少羊肉的特殊味道外，肉夹馍的味道很不错，那个辣子大盘鸡面的味道也很正宗。虽然我们没有点臊子面和油泼面以及凉皮之类的面食，但看着邻桌的人点的来观察，做的还是很有陕西风味的。

此时，孙子吃好了，也没听懂他用英语跟儿媳妇说了句什么，儿媳给他擦了擦手，说，你等会，我们吃好后就走。孙子说了声"好的"，就听话地坐在那里一动不动地看着我们吃。那样子好安静啊！

我很感慨地对儿子和儿媳说，不说别的，单单看孩子自己吃饭的样子，你们就带得很棒！只是要慢慢地教他用筷子或者用勺子，总是用手拿着吃，稍微烫一点就不行了。

儿子说，我们是散养式带孩子，从小就养成自己吃饭的习惯，我们并不刻意地去带他。至于用筷子和勺子，我想慢慢来吧，他还很小，没必要强迫他去如何做，到了年龄他自然而然就会了，就像他上厕所一样，到时候自己就知道如何做了。

我虽然没有吭气，但心里还是挺欣赏他们这一点的。起码孙子不会那么让人麻烦，尤其是看惯了国内很多老人追着孩子喂饭的样子，真的觉得他们的方法好。

吃好饭，我们把没吃完的东西打包后，去了隔壁不远处的华人超市。

超市的规模很大，商品十分之多，简直是琳琅满目、应有尽有，而且多是华人喜食的菜肴。因为儿子儿媳很喜欢吃我们做的红烧肉和红烧大排、红烧鱼，我和木嫂挑了些适合做红烧肉的五花肉,还有大排,又买了点肉馅,看到鱼摊子上好多新鲜和冰冻的鱼,遂挑了一条不知道名字的鱼。儿媳妇见我们挑好了鱼,问,需要不需要他们给炸一下?

我十分奇怪,问,他们还负责炸鱼吗?

儿媳说,是的,帮着洗好后只要你想炸,他们会帮你炸好,这样回去只要烧就行了。

我真的有点惊奇了。国内的鱼摊子顶多帮你刮鱼鳞和剖肚子,别的不管的,这里不但帮你清洗还可以炸。我就说,那还是炸一下好,油多肯定炸得好。

看着那服务员很熟练地清洗着鱼,并且反复冲洗干净后,将水控干了些并在鱼身上划出几条道子,然后放进刚才加热的油锅里,不一会儿就炸好了。看着他把炸得金黄金黄的鱼儿用锡纸包装好后,真的为他们服务到家的做法而感到欣慰了。

我们推着装满了物品的小车子,来到停在饭店门口的车子旁,把东西都装进车子的后备厢里。

儿媳妇拉开车门,对孙子说,你上车吧!孙子很听话地就朝车上爬去,我刚要去抱着他上车,儿媳说,让他自己上,他可以的。

果然,孙子很听话地自己爬上了汽车,并坐在儿童座椅上自己系着带子。儿媳妇看着孙子在系也不帮他，等他都系好带子后，检查了一番并且加固了一些后，对我们说，爸爸妈妈上车吧！

车子启动后，儿子对我说，您不是要看海吗？我们现在就去海边。

听了儿子的话，我的心情挺迫切的！过去我一直想去看看大海，虽然儿子结婚的时候去过儿媳妇的家威海，也在他们那里的海岸边走过，但似乎没看到蔚蓝色的大海，更没有在海滩上漫步一番。说心里话，我很希望能在余生之际，看看蔚蓝色的大海，并在海边沙滩上漫步，感受那种海水一波接着一波滚滚而来又退回去的感觉。这样的镜头过去只是在电影电视里看到，自己却从来没有亲身体会过。而且一想到能够漫步海滩，心里多少还有些小激动哟！

车子沿着盘山道走着，不知道是不是因为路旁的南瓜园在出售南瓜，还是正在办诸如国内的什么什么节一样搞南瓜节，盘山道路的左侧堆着很多南瓜，那南瓜个头十分大，巨大的广告牌上写着十美元一个。有不少人徘徊在南瓜堆旁挑拣着，煞是热闹。

儿子说，怪不得路上这么拥挤，原来都是来买南瓜的啊！

说着他又问,包子妈妈,咱们一会要不要也买一个回去吃啊!

儿媳妇说,怎么吃啊!那么大,一个星期都吃不完的,算了吧!

我也觉得她说的有道理,那么大的南瓜,这几个人怎么吃啊!

很快,车子就来到了海边。

停好车子后,我们朝着大海走去,今天的海风很大,远处传来阵阵的浪涛声,海滩上的人不是很多。我们走到了海滩边上。刚才下车时,儿媳妇挺有心地从后备厢里翻出来一个小桶和小铲子之类的带着过来了,到了沙滩后就和孙子蹲在那里开始玩了。

我慢慢地朝着大海走去,且是面朝大海慢慢地走着,这种踩在软软的沙滩上的感觉真的很爽啊!

看着西海岸的美丽风光,虽然海水也不是很蓝,但远远地眺望过去,蔚蓝色的海水在阳光的折射下,泛着明亮的彩虹般的光芒,煞是好看!

面对大海,我的心情一下子敞亮了很多,萦绕在脑子里如何对孩子实情相告的困惑,也一下冲淡了很多,思路顿时清晰了。

七

实情相告（二）

我转过身，看着一直跟在身后的儿子，随后用平静的口吻说，你一定觉得很奇怪，我们为何提前一个星期改签来美国吧！

儿子看了看我，说，虽然当时有些突然，但我知道你们这样做肯定有道理，所以我也没多问，但我能感觉到你们一定是遇到了什么事。

我凝视着儿子，心说，这小子反应还是挺灵敏的！于是，我很认真地对儿子说，我告诉你原因后，希望你能挺得住。而且我现在和你说话，既是父子间的交谈，也是男人和男人的交谈。

儿子听了我的话后，更诧异地看着我，目光里充满了疑惑。

我沉思了一下,说,家里确实遇到了大事,而且是天大的事,选择改签提前来美国,是怕我再也看不到你们了。

儿子更加疑惑和凝神地看着我。

我用很平静的口吻说,五天前,也就是九日,我被查出罹患了胰腺癌,肿瘤不但有三厘米大,长的位置也很不好,医生担心手术风险很大,建议化疗后再决定。我这几天看了网上的资料,胰腺癌是癌症里较为凶险的癌症,似乎世界上对这个病也没很有效的遏制手段,只要患了这个病,从医学意义上看,基本上就是判了死刑了,只不过是时间早晚而已。

儿子听了我的话后,一下子愣在了那里,面部的表情也凝固了,两只眼睛透过镜片瞪得很大。

看着儿子这样的表情,我都有些后悔说话太直率了。但转而一想,不应该对他有任何的隐瞒,很多事情还是说清楚的好!何况他已经是成年人了,应该有承受各种情况的能力。

我转过身子,背对着儿子看着大海的波涛,内心里也一下子腾起了波涛。我们这个看似很温馨很幸福很美满的家庭,突然遇到这样的变故,一下子颠覆了整个家庭的稳定。我努力地平静着心绪,力求让自己的语气更加和缓一下,说,人生真的很难说得清啊！很多事情并不是我们能想得到的。你这孩子也是命不好啊！刚结婚没多久，你丈人因病离开了，如今，老爸也要离开了，今后，你就是我们和你岳母还有你们这三个家庭里承担责任的男子汉了。不管我的病情出现什么情况，你都要挺得住才行。今后你的岳母和你妈妈全靠你来关心了。虽然她们都能独立的不依靠你，但是，你经常的问候和关心则是必须的。她们都有退休工资，维持基本生活没问题，缺的是子女们的关心和问候。

儿子没有说话，有些傻了般地站在那里，与我并肩一起看着大海的波涛。我能理解，儿子的心里也一定如同眼前的大海般在翻腾着波涛。虽然他已经35岁了，但在我们面前还是孩子，在这五六年里，要先后面对岳父和父亲相继离开的现实，也确实有些残酷了。

我默默地看着大海，聆听着那一波一波涌动的波涛的轰鸣声，心里多少感到轻松了许多。也许把这件事以这样的方式告诉孩子后，卸下了万钧重担般。尽管现实对孩子有些残酷，但也是他必须去承受的。

随后，我转过脸看着儿子，他此时也转过头看着我。我粲然一笑，说，是不是觉得很残酷啊！好端端的，爸爸就得了这个病!

他苦笑了一下说，确实如此啊！现实太残酷了。我怎么也不会想到家里会遇到这样的情况啊！

我有些凄然地对儿子说，我的这个病，真的要发展的话，那是会很快的……

我没有说下去，但潜台词儿子肯定能听得出来。

此时，我们俩都沉默着没有说话，而是都远眺着一浪推着一浪的波涛冲击着沙滩。

既然已经给孩子说清楚了情况，那么一些后事的考虑方面也要和孩子交流一下，于是，我对儿子说，鉴于我这个病的发展趋势，在目前没有恶化和发展的情况下，有几件事情我想对你交代一下。一个就是我的后事安排。如果我哪天离开了，你们不要给我买墓地，也不要安排壁葬之类的方式保存固定式的墓葬，这点我和你妈妈已经说过了，她也同意我的想法。至于骨灰的处理，如果有保存的地方可以花钱保存的话，那就保存在那里。等你妈妈百年之后，麻烦你把我和你妈妈的骨灰合在一起海葬了。你也应该能感觉到，我和你妈妈一起生活了大半辈子了，彼此的感情十分好，我不希望死后和她分开。

至于为何要选择海葬,主要是考虑到你们暂时在外面,如果在崇明保存个墓地,总是会让你们有很多记挂的。既然我们都离开了,那就离开得彻底点吧!

我想了想后又说,不过,听说海葬需要排队,也不是随时随地可以实施的,要凑够一定数量才可以。你在外面如果不方便的话,那就在崇明岛的江边上,把我们的骨灰撒进去就行了,骨灰随着长江水流向大海也是一样形式的海葬。崇明是东海岸,你这里是西海岸,到时候你若是想爸爸妈妈了,买点花儿到这里的岸边撒进去也算是对我们祭奠了。

说到这里,我的脑海里顿时浮现出了徐志摩那首著名的诗作《再别康桥》里最后那几句:

> 悄悄的我走了,
> 正如我悄悄的来;
> 我挥一挥衣袖,
> 不带走一片云彩。

想一想,人生不就这么回事了!当呱呱哭叫着来到这个世界上,在经历个人独特人生之路的同时,也一步步地走向死亡。既然光溜溜地来到这个世界，走的时候还留什么骨灰盒墓地啊！把骨灰撒向大海，也许这样才算是走得彻底吧！不留骨灰是不让孩子们有过多的记挂。

心里这样想的，但我没有给孩子说，而是说了第二件事。我对儿子说，我这些年买了很多书籍，虽然几次搬家舍弃了很多，但还有几千册，你要是要的话，我就分门别类地帮你整理出来。

儿子听了后想了想说，我不是不想要，可是我怎么要啊！留在国内等于没要，带到国外也不现实，即便是能带过来，那今后回国的话也是麻烦。

我说，那我知道了，我会在走之前处理掉的。如果你想留的话，我出版的几本书和大刊物上用的小说给你留几本做个纪念吧！

儿子说，好，好，不过爸爸你每本书都要给我签字，算是给我们留下点墨宝吧！

我笑了笑说，还墨宝呢！我怕签字后，你今后翻开我的书，看到爸爸的字，又会勾起你的思念之情！

儿子说，要留，一定要留，我要永远保存你的亲笔签字，什么时候都有个念想。

听了儿子这样说，我的心里真的很欣慰啊！起码孩子希望我能留下一些念想给他们。我说，那我回去就给你整理出来，签好字放在家里，你啥时候回去时带过来吧！

第三件事，如果我的病情发展很快，短时期就挂了，你不要回来奔丧了。我这次活着看过你们了，也算是了却了我的心愿，你们也看到了我，再回去也没什么必要了。相信你妈妈会处理好我的后事的。

第四件事，你这一两年还是要回去一次，公安局催了好几次要采集你的指纹和照片，给你更换身份证呢！这是个大事，方便的话回去办理一下。你在国内的股票账号变更等手续，都需要你用新身份证去办理。为了方便操作，你还是办理个委托，这样你妈妈可以帮着你操作。

说完后，我又想了一下，觉得没什么了，便说，儿子，我能想到的就这些了，最最重要的就是第一个不买墓地和壁葬的问题，虽然我闭了眼后，你们如何处理我也没办法管了，但希望你能尊重爸爸的选择。

儿子看着我没说话，仿佛是思索着如何回答。

看着他有些犹豫的样子，我说，别多想了，既然遇到了这样的情况，那么咱们就坦然地面对吧！老爸坚强着呢！

儿子犹豫着用很低很迟疑的声音问我：爸爸，您还有多长时间？

我看着儿子说，这种病说不清楚，快了就是两三个月，慢了也许半年一年的，所以我们急着改签来美国啊！

很显然，我的话惊住了儿子，眼看着他的脸色一下子变得苍白了……

八

疼痛再起

儿子脸色变了,只是他没说话。

我真的不忍心看儿子了,转过脸慢慢地朝前走去。我很能理解孩子,遇到这样的情况,得知如此残酷的讯息,他的心里掀起波澜也是十分正常的,但波涛之后也许就会平静了。

儿子一直没有说话,而是默默地陪着我在海滩上走着。

我也不想说话,因为我知道,此时此刻,任何话语都是多余的。唯有各自站在不同的角度平息内心的波澜,才是此时的最佳选择。遇到这样的大事,儿子的内心总会经历不平静的过程,我相信他能挺得住。何况挺不住也要挺,毕竟这是无法改变的残酷现实!

此时,一阵海风吹来,我打了个寒颤。我抱紧了肩膀,对儿子说，咱们回去吧！有点冷。

儿子说，现在回去还有点早，我去车里给你拿外套。说完就朝停车场跑去了。

我起初没有理解儿子为何不同意回去，而是给我拿衣服，后来，儿子拿着衣服回来帮着我穿上后对我说，再过一会儿就能看到海边的日落了。这时我才明白，他是想让我看看西海岸的海边日落。

我看着不远处的木嫂和儿媳还有孙子，他们在沙滩上堆着沙堆，孙子转着圈地拎着小铁桶忙乎着，三个人开心地笑着玩着。尤其是孙子，那小脸上呈现着无比的幸福和惬意。祖孙三代的这幅沙滩嬉闹图，在落日余晖的映照下，显得如此温馨和浪漫啊！

看着这幅幸福的画面，我的心里顿时涌现出无比的失落，甚至有种痛苦的颤抖感。原本幸福的家庭、幸福的生活、幸福的画面，正在被我患病的厄难而吞噬和撕扯着。我不忍去看去想了。于是我对儿子说，哪里有厕所啊！

儿子转着圈看了看，指着不远处停车场附近的一排小屋说，那里应该就是洗手间。说完后，他说，我陪你去吧！

我说，不用，我自己去就是了。说完后就朝他指的地方走去了。其实，我是想让儿子能独自地平息一下内心的波澜。

从厕所里出来后，我看到儿子和木嫂站在一起说话。我能理解，儿子肯定和他妈妈在交流着什么。我不想打扰他们，而是沿着小路朝孙子和儿媳妇走去……

时间在一点点地过去着，远处的落日越来越接近海平面了，望着残阳如血的景致，我有些触景生情般感觉自己就如同这即将落下的残阳般，很快就会陷入"死亡黑暗"了。

人生真的是很难预测的啊！上个星期还一身轻松的我们，此时却背负着被疾病摧残生命的残酷现实，以后的发展情况是什么，此时谁都说不清楚啊！

一想到这里，我的鼻子就有些发酸。不知道为何，这几天我的情感十分丰富，稍微遇到点情感上的刺激，就有一种想流泪的感觉。但我不能如此脆弱，我必须坚强些，毕竟我的情绪的变化，对于家人肯定会产生影响的。我要乐观和坦然地面对现实，起码不能在美国儿子家里的这一个星期有所表露。

于是，我振作了一下精神，朝着孙子走去。

孙子不知疲倦地玩着跑着，嘴里还开心地哇哇大叫着。儿媳的耐心真好，陪着孙子在玩着、笑着……我也被感染般脸上浮现出笑容。

渐渐地，太阳落下去了，夕阳的残余光芒，形成了天边火红色的火烧云，呈现出五颜六色的光彩，尽管残阳有些凄然，可是不管如何，那一抹即将落下的余晖，照耀在海面上泛着迷人的色彩。此时此刻，我想起小学时的课文《火烧云》，那些描述火烧云的词汇和景致，虽然已经过去几十年了，但是与眼前的景致相融合起来，感觉写的是那么真实和壮观啊！

我们上了车后，儿子问我，爸，晚上想吃点什么呢？

我脱口而出，想吃肯德基了。那年来美国，你买的那一大桶肯德基，吃得好爽啊！我挺喜欢美国的肯德基味道。

儿子说，没问题，一会过去我们就买。

车子下了公路后拐来拐去地来到一家"肯德基"店，儿子连车也不用下，坐在车里就在一个自动订餐的机器边点了起来，点好后车子朝前开去，停在旁边不多远的一排窗口前。很快，儿子点的一大桶搭配好的肯德基，还有一些单点的食品，从窗口递了出来。没想到现在买肯德基的产品连车都不用下了，直接在机器上点餐后就能拿到。

回到家后，大家洗了手就开始吃肯德基了。看着油汪汪的肯德基，我一口气吃了两个鸡腿和一个鸡胸脯。吃得这个爽啊！吃完后才想起我的胰腺是不能吃油炸的东西的。我看着木嫂问，我吃这么多，对病有影响吧！

木嫂说，想那么多干吗啊！你就想着明天也许吃不上了，想吃什么就吃什么。

她的意思我理解，那就是她希望我不要过于约束自我，还是随性一点的好。虽然她的话挺有道理，但她的话说得也太实在了吧！以往常听到一些医生，会对那些身患不治之症且濒临死亡的病人亲属们叮嘱：病人想吃什么就吃点什么，想干什么就干什么吧！言下之意就是日子不多了，能吃什么就吃什么，想干啥就干啥吧！可是，此时听起来身临其境地去揣味一下，多少还是感觉有点凄然！

许是听了她的话，许是确实吃了油炸的东西，我感到胰腺部位和胃部有些疼痛感涌了上来，我下意识地按了按胃部。

木嫂一下子警觉了起来，关切地询问：怎么了，又不舒服了吗？说着就站了起来，又说，吃点止疼片吧！

我看了看儿子和儿媳，见他们都注视着我，马上掩饰地说，没事，没事。说着站起身离开了饭厅，走到客厅坐了下来。

木嫂跟着过来，又问，是不是疼啊？我给你拿止疼片。

我用目光阻止着她继续说下去，并用眼角瞥了一下饭厅里的孩子们。她一下子理解了我的意思，不再问了。过了一会儿，她去装药的包里拿来了一片止疼片并且倒了杯水端到我的面前，我二话不说地拿起止疼片吞了下去。喝了两口水后，我悄声地对她说，你以后不要当着孩子的面问我疼不疼，别让孩子们为我担心。她点了点头，说，你休息会儿吧！

过了一会儿，儿子走了过来，问，爸，你是不是感到很疼痛啊？

我连忙说，没事，大概是吃得太多了，胃里不太舒服。你不用担心，我最近胃部一直不舒服！一会给我热杯牛奶吧！每次胃里不舒服我喝点牛奶就好了。儿子听了后马上转身去冰箱里拿出牛奶桶（美国的牛奶都是桶装的），倒了一杯在微波炉里热了后给我端了过来。

看着儿子手里捧着的牛奶杯，我的心里热乎乎的，胃部的不适一下子就没有了。我接过牛奶喝了两口后说，你别担心，我没事的。

儿子虽然没有说话，但我能感觉到他内心里充满了疑惑。

见状，我笑了笑说，真的没事的，喝点牛奶一会就好了。说着，我把杯里的牛奶一口气喝了下去，把杯子递给儿子的时候，我说，美国的牛奶好喝，奶味很足，符合我的口味。

儿子接过杯子，似乎有些犹豫的想说什么却没说。

我又说，真的没事！你快去忙吧！

儿子半信半疑地转身去了厨房。

我真的很担心儿子为我操心，所以，我暗自思索着，这几天一定要尽可能地掩饰自己的病痛，不能让孩子们为我担心。不管我的病情如何发展，都不能在这几天里给孩子们增加任何思想负担。

九

很难理解

第二天,儿子还没有起来,孙子倒是一个人起床了。他穿着短裤和短袖衫,光着个脚丫子跑到我们休息的地方,蹲在地板上玩起了手里的车模。

我从被子里伸出胳膊看了看手表,是美国当地时间七点五十分。没想到一觉睡到这个时候,而且昨晚竟然没有时差地睡着了。也许是乘飞机和落地后又去海边玩了一下午的关系,人感到累了吧!

我叫了一声"包子"。孙子听了也没理我,依然自顾自蹲在地板上玩着。我感觉到伸出被子的胳膊凉飕飕的,忙缩了回来,再看看孙子短裤头短上身光着脚丫子的样子,不由得很担心他这样的穿着会不会感冒。

正想问问孙子冷不冷,儿子过来了,对孙子说,快去洗脸刷牙。看到孙子听话地跑去刷牙洗脸,我对儿子说,你们也是的,这么冷的早上,孩子穿的那么少不说,还光着脚丫子在这么凉的地板上跑来跑去的,万一感冒怎么办啊!

儿子听了,不以为然地说,他每天早上都是这样的,习惯了,不会感冒。

我看着冰凉的地板,再想着孙子穿的那么少,我穿着棉毛衫的胳膊伸出来还嫌冷,孙子怎么能不冷呢?一想到这里,我就十分心疼孙子。可看着儿子一副不以为然的样子,本想说他两句,但一想他们的儿子,他们都不担心,我还操心什么啊!也许他们已经习惯了!

可是,这心里还是多少对他们这样带孩子十分不理解,也有些担心,而且接下来的事情更让我感到心里不是滋味了,真没见过他们这样带孩子的。

孙子洗漱好,换上了长袖衫长裤子跑了过来,只听儿子问孙子,你吃什么?

孙子说,吃面包!说着就自己爬到椅子上坐好了。

儿子从冰箱里拿出一个面包递给他,他接过去就坐在椅子上吃了起来。

我穿好衣服起来后坐到孙子对面看孙子认真地吃着面包,不一会儿看到他吃了半个下去。

见到孙子吃得很认真也不用操心,我多少安慰了一些。没想到此时孙子说,我要喝水!

儿子听到后拿起桌上的一个玩具杯子,走到直饮水机上接了一杯子凉水(直饮水机上放出来的都是冰凉冰凉的水),然后递给了孙子,只见孙子接过杯子就咕咚咕咚地喝了一气,然后放下杯子又吃起了面包。

我简直看得惊呆了。大人都不能如此吃凉面包(冰箱里刚拿出来的)喝凉水(直饮机放的),何况三岁的孩子啊!

我疑惑地问儿子,你怎么不给他搞点热水喝啊!就这么直接给他喝凉水啊!

儿子说,他习惯了,平时都是这样的。

我说,习惯了也不能啊,孩子的胃肠道都很脆弱娇嫩的,怎么能如此吃喝啊!

儿子看着我,嘴巴动了几下,没有回答我,而是给吃好面包的孙子擦了擦手,问还吃什么。

孙子说,我吃 banana。

儿子随手就从桌上的香蕉串上掰了根香蕉递给孙子。

孙子接过香蕉就剥皮吃了起来,一会儿一个大香蕉就进了他的肚子,紧接着他又拿起桌上的杯子咕咚咕咚地喝了一气凉水,随后把杯子放在桌子上,从椅子上下来,说,我吃饱了!然后又蹦蹦跳跳地跑到满地玩具车的地方玩了起来。

我目瞪口呆地看着孙子,再看看儿子,真的蒙圈了。没想到孙子的早餐就这样解决了!

这一大早,先是孙子短衣短裤的在清晨光着脚丫子满地板地跑,随后是一个凉面包下肚又吃了根香蕉再喝一肚子的凉水。在国内,别说是孩子了,即便是大人,这样吃喝也不一定适应啊!

我刚想张嘴指责儿子几句,看到一旁的木嫂对我摆着手使着眼色,我到了嘴边的话又缩了回去。

儿子把孙子中午的饭菜装好后,对我们说,爸爸妈妈,我今天上午约了个人面试,下午约了医院做体检,所以我不能请假陪你们了,ss请假在家里陪你们。你们休息会,我下午争取早点回来。

说完后又对孙子说,包子,跟爷爷奶奶再见,我们去幼儿园了。

孙子听话地对着我们说:"爷……爷奶……奶 Good-bye",

说完就在儿子的帮助下穿好鞋子出了门。孙子真的是美国长大的小孩子啊,说中文总是有停顿的,不是很连贯,可是后面的英语倒说得十分顺溜。

看着孙子和儿子出了门,我对木嫂说,他们这样带孩子的方法,真的让我开了眼了。别说那么小的孩子了,大人的胃也经不住这一大早的凉水凉面包和凉水果啊!不行,他们这样绝对不行,这样会把孩子的胃给吃坏了!等他们回来,我要好好地说说,绝对不能这样了。

木嫂听了后笑了笑说,你还是省省心吧!你以为你说了他们会听吗?再说了,即便是他们听了,也按照你说的做了,你走了后呢?他们依然是该怎么做就怎么做,你能管得了吗?再说了,孙子自从出世后,我们是既没花钱也没出力,人家不是也带得挺好啊!

我想想也是啊!即便是他们按照我说的做,给孩子吃热乎的早餐,我走了后,他们还会依然故我地按照他们的方式带孩子。

我轻轻地叹了口气,心说,算了,别给他们添堵了,爱怎么带怎么带吧!

下午儿子提前回来了,问我们要不要一起去接孙子,我和木嫂听了，连忙说，要的，要的。我们其实在来的时候就想过要去看看孙子的幼儿园。

出门上车不一会儿就到了幼儿园。

孙子的幼儿园也是敞开式的没有大门，但是进到各个班的走廊外面是需要用卡扫描后才能打开，到各个班里更需要扫描门禁卡才能进去。

跟着儿子进到孙子所在的班里后，儿子对那两个外籍的阿姨打了声招呼。看到儿子来了，一位阿姨把装着孙子饭盒的包递给了儿子后似乎对他说着孙子在那里的情况，儿子和她交流了一会儿后，走到签字的桌子上，在签字本上签了名，并经过阿姨鉴定后，他才对坐在那里等候的孙子说，包子，咱们走了。

刚才我们进来时，孙子很老实地坐在那里，看到我们也不跑过来，而是等儿子把各种程序做好并招呼他时，他才听话地站起身，对着两位阿姨说了声我听不懂的大约是"再见"之类的话，还和她们拥抱了一下，才跳着跑着过来拉住了儿子的手。

我们见证了领孩子的全部过程后，对他们幼儿园的管理方式十分欣赏：很严格但也很有人情味。而且孩子们似乎也知道，如果没有按照规定的程序做好是不能跟着走的。

出了门后，儿子问，我们要不要去那边的公园里玩玩啊！

我说，这里还有公园吗？

儿子说是啊，就在旁边。说着就带着我们朝公园走去。

这个公园是完全开放式的，简约而普通，除了满目的绿地和茂密的树木外，区别也许就是路边间或摆了一些长形的座椅，还有不远处的那座儿童乐园了。

孙子大概早就习惯去那里玩了，一个人在前面跑着，早早地就进了儿童乐园玩了起来，我们进去时，看到已经有很多家长带着孩子在那里欢快地玩着各种游戏设施。

儿子指着不远处一个华人模样的小姑娘说，爸你看，那个孩子肯定是爷爷奶奶带的。

我有些奇怪地问，何以见得？

儿子说，你看，那个女孩子穿的衣服很多！这就是中国老人带孩子的特征，生怕孩子冷了冻着了。他的话音刚落，果然看到一个中国人模样的老妇人，手里拎着书包，对前面跑的小姑娘喊着，慢点慢点，别摔倒了。

看着那个穿得十分厚实的小姑娘，我再回过头看着跑跑颠颠的孙子一身T恤的装束，确实有很大的反差啊！

起初听了儿子的话倒也没感觉到什么，后来一琢磨啊，儿子这是在暗示我，不要过多地管他们如何带孩子。我心说，这小子，有些"狡猾狡猾"的了，哈哈哈……笑过之后多少感到很欣慰，毕竟儿子表达了自己的意思又不让我感到难堪，真有他的啊！

返回的路上，在一棵树冠挺漂亮的大树下，我对孙子说，来，和爷爷照张相吧！

孙子十分给我面子，听了后跑了过来，我弯腰抱起了孙子，于是就留下了这幅让我高兴得找不到北的与孙子的合影，呵呵呵……

到家后，孙子在门口就自己弯腰把鞋子袜子都脱了，然后光着脚丫子在地板上跑了起来。木嫂见状，拿起他脱下的袜子看了看，已经都被脚汗渗湿了，忙到孙子的房间里找了一双袜子过来，抱起孙子给他穿上了。

刚把孙子放下，他就跑去玩了起来。

还没等木嫂转身，儿媳妇走过来，竟然把刚才木嫂给穿的袜子从孙子的脚上扒了下来，随后对木嫂说，妈，他习惯光脚了。

木嫂说，刚才他的脚都出汗了，踩在凉冰冰的地板上不舒服的。

儿媳说，没事的，如果穿袜子他会摔跤的，地板很滑。说完，她拎着那双扒下来的袜子进了孙子的屋子……

十

症状消除

木嫂看着儿媳妇的背影,沉思了一下后没说任何话的走过来,给了我一个很奇怪的表情。我看得出她似乎也对儿子和儿媳带孩子的方式有一些不同的看法,只是她的涵养比我好,即便心里有什么也不会说的。

其实我理解儿媳,她也不是有意识地要给木嫂难堪,而是他们确实司空见惯了孙子光脚丫子满地板跑的生活习惯,抑或确实是孙子穿着袜子在地板上跑时摔过跤,甚至摔得很厉害。既然是如此情况,再看着孙子光脚丫子满地跑,确实丝毫没有任何不适的感觉,我们也就没必要多担心了。

此后的几天里,孙子都是如此光着脚丫子满屋子跑,我们也似乎看惯了,没有什么不舒服的感觉了。看来啊,什么都是个习惯，过去听人家常说：习惯成自然！我们看多了也就见怪不怪了，嘿嘿嘿……

在儿子家里的前两天，我的背部和胃部的疼痛感一直比较厉害，此间每天都是用止疼片来克服疼痛的。而且因为肿瘤压迫着胆总管造成胆汁排放不通畅，引发了两条小腿的皮肤瘙痒症状愈演愈烈。

只要一坐下来停一会儿，我就忍不住地要搔弄几下止痒。而且隔着裤子搔挠还觉得不止痒，都是拉起裤腿直接搔挠小腿，以至于把小腿的皮肤都搔得一道一道的血痕。木嫂为了让我止痒，一个是劝我不要搔挠，另一个用很热的毛巾不时给我热敷和擦拭止痒。儿子也把家里的酒精瓶拿出来，用棉球蘸着酒精擦拭着给我止痒。尽管采取如此措施，皮肤的瘙痒依然是难以忍受！那几天我几乎一停下来就忍不住地搔挠几下，晚上睡觉也下意识地搔挠着止痒。拉开裤腿看去，腿上都是血迹斑斑的，好凄惨啊！

然而，让我没有想到的是，我们到美国的第三天下午，也就是16日下午到17日上午的这段时间里，背部的疼痛感逐步地减轻了很多，胃部也没那么不舒服了。尤其是腿上的瘙痒症状，程度明显地减轻了很多。

背部和胃部不适的改变，可以用服用止疼片来解释，可是这腿部的瘙痒症状减轻让我感到有些费解。是不是服用的化疗药"替吉奥"起作用了呢？可是一想也不对啊！这"替吉奥"满打满算，包括在崇明开始服用的时间，也就是一个星期的样子，它也不是仙丹妙药，怎么效果那么好呢？

到了18日上午，我和木嫂吃好早饭在小区里转的时候，浑身一点不适感都没有了。不但背部不疼了，胃部不适没有了，腿部的瘙痒也是明显减少了。我奇怪地问木嫂，这是怎么回事啊？

她似乎也不明白个中之因，猜测着说，大概是化疗药起作用了吧！

我疑惑地看着她，心想，难道这个化疗药真的有那么好的效果吗？

但是疑惑归疑惑，这症状没有的情况确实是现实存在的。我在怀疑药物的疗效没那么大的同时，猜想着是不是我在精神方面表现出了豁达和坦然面对的态度起了作用呢？

要真的是心态起作用，那大概一个是我对疾病有了清醒的认识，也能逐步地以平和的态度较为坦然地接受命运的安排；另一个是给孩子坦承这件事，同时也就后事安排做了交代,心里轻松了很多;第三个大概就是一家人和睦相处后,感受到阖家欢乐的温馨和温暖,让自己的心情和心态都有了很好的抚慰吧!

这么一想,我一下子觉得更加轻松了。心说,这疾病也是怕良好心态的。一想到这里,我顿时感到浑身充满了战胜疾病的信心。尽管我知道这样的想法里,很大程度是阿Q精神的成分,但这种阿Q精神的自我鼓励法,也确实让自己能够忽视了疾病的存在吧!

当然了,从另一个角度去思索,也多少动摇了我此前坚持的不放化疗、不手术而"横竖横"任其下去的原则。毕竟,消极地接受疾病的摧残,并不是最佳的方法,能够在身体能接受的情况下积极地治疗,也是我今后应该认真思索的问题啊!

这疼痛感没有了,想多走走的思维自然就活跃了起来。我对儿子说,我想去看看旧金山的金门大桥。

儿子说,我正想给你们说呢!明天我请了假,准备陪你和妈妈出去转转,还寻思去哪里玩呢!既然您想看看金门大桥,那么我们吃好早饭就去!

第二天,儿媳送好孩子上班去了。我和木嫂坐上儿子的车直奔旧金山城区的方向而去。

好家伙，这一早上在屋子里觉得挺冷的，出来后外面的阳光晒得人脸上发烫。我开始还没觉得什么，可是坐在副驾驶座上不一会就觉得脸上热乎乎的，竟然有一种灼烧感。

在一次回头和后座上的木嫂说话时，她看到我的脸色发红，甚至眉侧小时候烧灼留下的黑色疤痕也感觉更黑了。她一下子想起来，在肿瘤科室看到那些服用"替吉奥"化疗药的患者，都会出现色素沉积的情况，尤其是一些患者服用后在阳光的作用下，脸色发黑的程度会逐步加重。于是她对我说，我忘记告诉你了，服用"替吉奥"的人会出现色素沉积的情况，你本来皮肤就不白，这再色素沉积起来，还不更黑了啊！赶紧用衣服把脸遮上。

听了她的话，我连忙把刚才脱下来的外套，拿起来遮住了脸庞，这才觉得脸上的灼烧感减轻了很多。我思忖着，遮住脸倒不是怕脸黑，而是感觉有种烧灼感不舒服。

儿子开着车对我说，旧金山的太阳确实很厉害的，每次小包子去幼儿园的话，我都会给他抹点防晒霜，他们的阿姨时常会带他们去外面的小花园里玩，如果不抹防晒霜就会晒得很黑。

汽车开了一个多小时才到了金门大桥，儿子沿着公路直接开到金门大桥另一头的观光区里。依我对金门大桥的了解，这座始建于1933年1月、完工于1937年4月的大桥，在1957年之前是世界上最长的悬索桥，两个桥墩在1964年之前拥有世界上悬索桥中最长的跨度。直到2004年12月末，法国的米约大桥正式被使用前，这两个桥墩一直是世界上最高的悬索桥桥墩。正因为有这样的了解，我对金门大桥充满了好奇，故而才要求前来看看。

站在金门大桥的桥头观光区里，远眺着这座气势恢宏、横跨旧金山海湾出海口的峡谷上的大桥，说实话，并没有感到很漂亮。这座大桥比起国内的一些跨江大桥，有些丑陋不说还显得很笨重。但是，这座桥的建造体现了人类征服大自然的信心和勇气，以及巧妙地利用悬索的力学原理，配置高大坚固的桥墩，创造了世界桥梁建造史上的奇迹。为了从不同角度观看金门大桥，儿子又开车绕到了大桥的另一端桥头区，我们爬上了这段桥头的观赏区，可以说是很直观地从两端都欣赏了这座世界有名的建筑，感觉到内心深处受到了极大的震撼，感慨人类真的很伟大，能够创造出很多征服大自然的奇迹啊！

从金门大桥返回时，儿子带着我们来到了旧金山的渔人码头。"渔人码头"原来是渔民出海捕鱼的港口，后来失去码头功能后，形成了独具特色的休闲、文化地段。它位于Jefferson街与Taylor街交叉处，是旧金山的象征之一。

沿着渔人码头的沿海廊桥看到突出的那个区域里，有上百头海狮趴在几个活动的船坞上晒着太阳，水里还不时地蹿起来几条海狮攀爬到船坞上。虽然空气中弥漫着腥乎乎的味道，但是看着海狮们怡然地在船坞上翻滚着享受阳光浴的惬意，以及没有一丝儿惧怕游人观赏的自如，让人感觉到平时游人与动物之间的和谐。目睹着四周的游人们都屏声静气拍照和观赏着，并没有大声喧哗地骚扰和影响海狮的日光浴，这点真的是我们很多旅游景区的动物观赏点所需要认真学习之处。

……

回到家里时，儿媳妇已经把孙子接了回来，我们喝了点水后陪着孙子玩他的玩具车。儿媳过来对我说，爸爸你上次说要吃烤羊排，我今天去买回来了，已经放在烤箱烤了一个多小时了，再烤一会就可以吃了。我还买了三文鱼，明天给您烤三文鱼吃。

我听了后真的有点喜出望外了。说想吃烤羊排和烤三文鱼，是我们和孩子们视频聊天时，看到他们的饭桌上摆着油汪汪的烤羊排和烤三文鱼，馋得我是哈喇子流得老长的，并随口说了一句，到了美国想吃他们烤的羊排和三文鱼。这完全是说说而已，并没有一定要如此的意思。没想到说者无意听者有心，儿媳妇不但记住了我说的话，还去买回来烤上了，这真的好让我感动啊！

说实话，我儿媳妇真的是个好孩子。不但学习成绩优秀，从初中一年级开始，一直雄霸着年级组的第一直到大学毕业。要说初中高中是年级组第一倒也不算很厉害，可是在大学四年里保持第一，而且是数学系的第一，那绝对不是一般人可以做得到的。本科毕业后她也是和我儿子一样，获得加州理工学院全奖学金，入校硕博连读并获得数学博士学位的。

儿媳不但学习成绩优异，更是十分贤惠和善良，脾气温柔也很大度，对孩子也是十分耐心和教育方法得当。这几天里，我看到她每次都是收拾洗刷好厨房的用具后，便拿出少儿读物给孙子读书和讲故事。那段时间里，是孙子最安静的时刻，只见他两只眼睛滴溜溜圆地盯着妈妈，认真地听妈妈讲故事和读书，完全被妈妈绘声绘色的讲述吸引住了。

饭后，我们一家五口坐在那里说着话时，儿子说，爸爸妈妈明天到我们的公司去看看好吗？公司可以安排家属免费吃饭，明天上午我有个会不能来接你们，到时候让包子妈妈来接你们。

我一听真的有点意外，去儿子的公司看看是我们的愿望，但是公司可以免费安排吃饭，则是我意料之外的事情，说实话，我的心里十分期待，倒不是想吃那免费的午餐，而是想深入了解一下孩子们的生活情况。毕竟他们每天有两顿饭都是在公司里吃。因为公司免费提供一日三餐。若不是他们要接孩子，那三顿饭都可以在公司里吃。

十一

浏览公司

第二天上午十点多的时候,儿媳妇开车回来接上我们到了孩子们工作的 G 公司总部。

车子开进总部的那片区域时,我真的有点难以置信了,G 公司这个世界有名的公司,办公区域和所属的环境,看起来是那么普通和平常,如同很多美国企业和大学一样,都是敞开式的建筑。没有高耸入云的大写字楼,办公区域全部是很普通的平房式建筑群,以及到处的绿树和植被覆盖的绿茵茵的草地。步入其中,如同步入了大花园般,不但看不出一点儿世界五百强大企业的恢宏、霸气,反而感觉整个公司如同公园般美丽、静谧、温馨。

目睹美国大企业这般场景,让人感觉到国内的一些企业,动辄数十层的办公大楼，以及十分霸气的公司标志等等，实在是太俗气了。虽然楼很高很大很阔气，仿佛不如此这般就不能显示企业的实力和巨大一般，其实，很多时候，企业未必一定要建设很恢宏巨大的办公楼建筑，才能体现出企业的实力。证明一个企业是否真的实力雄厚和傲视群雄，那要看他们企业是否具备高科技、高水平、高效率、高价值的内在实力哟！而 G 公司是用自己的实力来证明自己的。

车子开到儿子的工作场所，这也是一组平房组成的建筑群。接到儿媳电话后从里面走出来的儿子，三步两步地奔到了车前，上车后和儿媳商量着去哪个饭堂吃饭，我这才知道他们公司的饭堂可以随意选择就餐，每个人是根据自己工作的场所和距离远近自由选择就餐食堂。

车子开到他们选定的据说饭菜最丰富的饭堂斜对面的一座建筑前，儿媳把我们放下后去停车子，我们跟着儿子进到里面的办公区域。

儿子拿着我们的护照和他的工作证挂牌，去服务台不一会儿就办好了就餐的证件。这是一个带着小夹子的挂牌，我看到上面已经打印好了护照号码和我们的英文名字。没想到公司的办事效率真高啊！

别上这个挂牌，我们随着儿子儿媳进了他们选定的最大的饭堂里。好家伙，一走进饭堂，看到人来人往的端着不同菜肴的盘子，找座位的找座位，坐在饭桌前就餐的就餐，拿饭菜的拿饭菜，里面十分热闹，但却不显得拥挤和喧哗。人们都很注意公共场所的安静，即便是交谈也是悄声细语，丝毫没有那种我们在国内司空见惯的大声喧哗的情景。在这样的氛围之下，我本来还好奇地想询问的兴趣，也被周边安静的环境影响得不敢询问了。

儿子走到摆放着食品盘的柜台前，给我拿了一个食品盘，低声问，爸，你想吃什么？欧式？美式？墨西哥餐、法式餐、日式料理还是亚式餐啊？这一连串的询问搞得我真是晕了。没想到他们这里供应那么多种各国各地各式的饭菜啊！

我说，我也不知道吃什么了，咱们过去看看吧！儿子说好，我们便来到饭堂里面那一大排供应食品的柜台前，开始选择了起来。其实饭堂就是自助餐形式的，只不过不是自己去饭菜柜台上拿，而是柜台里面的服务生给你服务，你只要报出自己想吃的，他们就会按照一人份的给你准备好后放在你的食品盘里，想多要点只要吭气，他们即会给你添上。

儿媳在询问了木嫂后，带着她去了亚式菜肴的柜台，我跟着儿子来到了法式餐饮的柜台，要了一客法式卷饼。这是一种过去没有吃过的卷饼，除了电饼铛上摊出来的一张薄饼外，还夹了菠萝片、奶酪、黄油、肉饼和香肠等，还配上了一些绿叶蔬菜，反正卷起来很大的一个卷儿。在那个服务生给我和儿子卷饼的时候，我就思忖：这么大，能吃得完吗？

端着食品盘离开柜台后，儿子询问我还要点什么，我看着盘里用锡纸包裹住的卷饼，说，这么大了，估计别的也吃不下了。

在端着食品盘找位子的时候，我看到很多亚裔人的面孔，其中还有不少看起来就是中国人的面孔。我低声地问儿子，怎么看着很多中国人啊！他听了后笑了笑说，怎么能不多呢？你看，咱家就有两个人在这里打工。我一听也笑了，可不是啊，儿子儿媳都在这个公司里打工。

坐下后我们开始用餐了。这时我看到四周确实有不少中国人就餐，年龄都和我儿子儿媳差不多。我听儿子说过，G公司不是一般人能进的。进入该公司要经过好几轮的面试和考核，而且还有试用期等限制！一想到这点，我的心里就充满了自豪感！毕竟我们一家就拥有两个G公司的成员，说明俩孩子都很优秀啊！做父母的，没有什么比得上为孩子们的优秀而自豪的了！既然孩子如此优秀，我还担心什么啊！哪怕疾病发展较快，明天就离开这个世界，也应该死而无憾了。

这法式卷饼开始吃的时候，菠萝的酸和奶酪略带甜丝丝的味道，以及肉饼的香味等糅合在一起，味道怪怪的，但吃了几口后倒也挺不错的。没想到在儿子打工的公司里还能吃到法式卷饼。

儿媳拿了几个寿司、亚式炒菜和米饭，木嫂则是吃的炒菜和米饭。大家悄悄地说着话吃着，一会儿就吃好了。儿子和儿媳又给我们拿来了现榨的果汁。这顿饭吃得很平静也很温馨。在异国他乡的企业饭堂里一家四口人就餐，这样的特殊环境下吃饭的机会，可不是一般人可以享受的。所以，这次企业就餐给我留下了深刻的印象。只是不知道以后还能否有这样的机会了！一想到这里，我的心里难免有些凄然。

从饭堂里出来，儿子儿媳陪着我们在公司标志性吉祥物的区域里转了转，又到公司附加产品商业区里转了转。此间还让一个华人小伙子给我们全家四口照了一张照片，也算是在公司里留下了身影吧！

随后儿媳把我们送回了家让我们休息，她又返回公司去上班了。儿子的房子买的位置挺好，距离公司才不过十几分钟的路，距离孙子的幼儿园也不是很远。难怪他们的房子那么贵啊！

我回来睡了一会儿起来后，木嫂在忙乎着晚上吃锅贴的馅子，我对她说出去转转顺便抽根烟，便走出了门。

小区的样式都差不多，一个一个品字形的格局相互串联着，每幢房屋间都有相通的楼道连接着，一个小品字形建筑和一个小品字形建筑之间可以相互走通，每个小品字形建筑之间都是绿色的草地和参天的大树。

我默默地沿着小区间的通道一个小区一个小区地走着转着，既是散步，也是参观。

小区很安静，除了两个工人在用吹风机清扫着落在草坪上的落叶外，几乎看不到人的踪迹。

我在各个小区转着的时候，发现不远处有一辆警车悄悄地沿着小区外侧的路开了过来。起初我并没有在意，可是我走到哪个小区，那辆警车就跟到哪里，这一下引起了我的警觉。难道我在小区转悠，被警察给盯上了啊！

说实话，我的心里多少还是有些忐忑的，不知道是不是我在小区里转悠，有违于这里的规定呢！

为了避免麻烦，我沿着来的路朝我儿子家的那幢建筑走过去。路上我就想，万一警察询问我，我不能有任何过分的举动。因为此前儿子曾经对我说过，美国的警察如果认为你有伤害他的行为，他们感到有威胁时，可以动用枪支枪击对方的。儿子还对我说过，在美国遇到警察的询问和要求都要服从，听不懂的话可以不动，但不能有过激的反应。于是，我转过脸看看，发现那辆警车竟然绕到我的前面，在我刚走出的楼口停着，警车里的警察透过车窗盯着我。

看着警车里警察的样子，我明白是被他盯上了。他肯定觉得我有些可疑吧！大白天的一个人在小区里转悠着，而且不是西方人。既然被人家盯上了，那我也就不再做任何掩饰地让他看个仔细吧！于是，我索性朝警车的方向走了过去。

当我快走到警车跟前的时候，警车竟然开动了。那个警察也转过脸朝车子的前方看过去。我有些不解其意地看着慢慢驶离而去的警车，悠然地开出了小区上了公路。

我揣测着警察为何就这样走了呢，回味一下，估计警察看到走近的我是一袭睡衣睡裤，直观看来身上也藏不住什么伤害人的器具，难怪他觉得没什么可怀疑的就开走了呢！其实，咱老木行得正坐得端，会有什么可怀疑的啊！嘿嘿……

不过，我也为美国警察的敬业态度而感慨。发现小区里一个人转悠过来转悠过去的，又是硅谷的相对高档的小区，人家产生一些怀疑也可以理解啊！

晚上儿子回来后，我给他们说了这个情况。儿子说，你也太胆大了。他看他的，你走你的就是了，为何还要迎着警车去呢！万一他举着枪搜你身怎么办！

别说，儿子这么一说，我倒真的有点后怕了！万一警察端着枪下来，像电影里看到的那样，逼着我叉开腿趴在汽车的引擎盖上搜我的身怎么办啊！不过一想也没啥啊！咱老木也没做啥坏事啊！即便是搜查一下就搜查一下，又能搜查出什么啊！

虽然有了这次有惊无险的经历，我多少还是感到很欣慰，起码儿子居住小区里的治安和警察的保护还是很到位的。有了这些保护措施，我也就不用担心儿子他们居住在这里的安全了。

十二

含泪惜别

也许幸福的日子总是过得很快,转眼间一个星期就要结束了,我们回国的时间也即将到了。

说实话,我真的舍不得离开美国,舍不得离开儿子儿媳,舍不得离开孙子,但这是不可能的。一是孩子们还要工作,我们不能麻烦孩子们很久;另一个我不能耽误最佳治疗时机,要及时地回去考虑如何治疗的问题。虽然我很抵制手术,不准备接受放化疗等过度治疗,但也不能就那么消极地等待吧!

第二天也就是2018年10月21日,是我们回国的时间了,20日晚上我们包了白菜猪肉的饺子。俺们的山东籍儿媳妇很能干,那饺子皮擀得不但漂亮还挺快,一个人揉面做剂子擀皮，能供我和木嫂包饺子。当然了，我和木嫂包饺子的手法也是很不错的。一家人相互配合着，不一会儿饺子就热腾腾地端上了桌子。

吃好饭后，因为第二天就要离开孩子们了，儿子儿媳和我们坐在一起话别。儿媳首先说，爸爸回去后要想法治病，该用什么药就用什么药，别担心经济方面的问题，需要钱我们马上给你们汇过去。儿子听了也说，是的，爸爸妈妈你们别担心经济方面，该如何治疗就如何治疗，我们会全力以赴地支持爸爸治病的。

儿子停了一下又说，你们先回去治疗，我在美国也打听着这个病的治疗方法，如果有更好的治疗方法，我会想法联系的，只要有一线希望我们都要努力争取。

听了孩子们的话，我的心里真的百感交集啊！这些年里还真的没有白疼爱儿子！当然了，要说还是儿媳贤惠，如果单纯儿子好也不行。老人给孩子钱一般不会有什么问题，可儿子要给父母钱，儿媳妇不支持那必然会产生矛盾啊！钱拿不拿且不去说了，单儿媳和儿子的话就让我的心里暖融融的！而且当时就感到浑身轻松了很多很多。

我和木嫂交换了一下目光后，说，我不需要你们花钱治病。这些年你们在国外学习工作很不容易,从来没要过我们一分钱,尤其是生了孙子后,我们给你钱不要,想帮你们分担一下带孩子的艰辛,你们也考虑我们年龄大了不让再为你们费心费力,这孙子从出生的第一天开始就自己带,我们是既不出力也不出钱。你们买房子我们想给你们点,你们更是坚决不要,这让我十分担心你们的经济状况。你们的收入除了还贷款,还要应付孙子上幼儿园的开支和生活上的开支,肯定是相当的不容易,我怎么能要你们的钱呢!

说到这里,我停了一下,又说,放心吧!爸爸妈妈这些年积攒了一些钱,应付正常治疗所需还是可以的。何况我也不准备做过度的治疗,治疗费用上,我的心理价位是50万元,超过后我就不准备再花钱治疗了。我不能因为我的疾病花光家里的积蓄,起码我要给妈妈留下足够的去好一些敬老院生活的费用,让她度过一个安逸和舒服的晚年吧!

木嫂听了后说,对,你们别担心我们经济上的事情,我已经想好了,家里的积蓄留下20万元,以后应付个突然事变就行了,余下的全部拿出来给你爸爸治病。只要你爸爸的人在,钱算个屁啊!

这话说得虽然有点糙,不符合她平时表达意思的口吻,但说得慷慨激昂和坚决,让我的心里热乎乎的!

不管我的疾病会遇到什么样的情况,单听了家人的这些话,也让我这个濒临死亡边界的人,心里暖融融的!我的鼻子一酸,险些掉下眼泪来。

也许是我的情绪和话语触动了孩子们,儿子对儿媳说,你去安排包子睡觉吧!

儿媳听了后对低头玩耍的孙子说,包子,洗澡睡觉了!

孙子抬头看了看他的妈妈,有些不情愿地说,再玩会好吗?

儿媳的声音提高了说,不行,时间到了,去洗澡睡觉。

孙子听了后还有些不情愿地在那里拧龇着不去,儿媳严厉地说,听话,去洗澡。

孙子站起身和她讲条件了,说,我要爸爸给我洗澡,不要妈妈洗澡。

儿子听了后起身说,好的,跟爸爸去洗澡睡觉。说完,转身对我们说,我先去把他安排睡觉了再过来。

儿子带孙子去洗澡和安排他睡觉的这会儿,儿媳又对我们说,爸爸妈妈,你们真的不要有什么担心的,我们有钱的。只要你们需要,我们马上给你们汇过去,如果觉得汇款麻烦,那我现在就给你们开上支票,该签名的给签好,你们只要填上需要的数字就可以去银行兑现了。

我真的好感动好感动啊！都不知道该如何说，以及说什么了，只觉得鼻子酸溜溜的想流泪！

沉思了一会儿，我强压着已经涌到眼眶里的泪花，对儿媳说，真的不需要的。我们的积蓄应付治疗应该没问题，如果今后确实需要你们支持再说。

儿媳说，那你们一定不要客气啊！

接下来我们又聊了会家常，儿子也安顿好了孙子走了过来，坐在我的身边。他看了看我，对我说，爸爸，我知道你一直担心我们买了房子后，生活标准会因为贷款而下降，更担心我们的生活会很苦很苦。

我说，是啊！你们也不要我们支援，全都是自己承担，你说我们能不担心吗！做父母的虽然没打听过你收入多少，但也能大概匡算出你们的基本收入！这每个月还贷款和养孩子的开销支出，你们的生活标准肯定紧张！

儿子一笑说，放心吧！这些年工作，也没有告诉你们我的收入情况，现在我可以很负责任地说，我们的经济情况挺好的。而且我现在正在进行调级的公示，公示结束后我的级别又会提高，工资收入会更高，你儿媳的工资收入和我差不多，所以，你们真的不要担心我们的生活。而且在美国，很多人都是贷款买房子，甚至还一辈子贷款，我们只贷款了二十年，每月还那点贷款还是很轻松的!

听了儿子的话，虽然他没有说出确切的收入，但我能感知他们的发展趋势会很好的。既然这样，我还有什么可担心的啊！此番来美国，我不但满足了看孙子的愿望，还看到儿子买的房子和他们给我们透的经济收入的底，按照他们的说法，收入已经达到了美国中层收入的水平，而且相比美国不少家庭都是一人工作养活全家来说，他们两人收入养家程度自然是翻倍了。既然如此，我还有什么不放心的啊！

因为第二天还要起早去机场，所以，我对孩子们说，你们赶紧休息吧！明天还要早起呢！

看着孩子们过去休息了，我和木嫂也熄灯上了床。也许是明天就要走了，也许是刚才孩子们的话让我感到很激动，躺在那里怎么也睡不着。其实，木嫂也似乎和我的心情一样，难以入眠！

我转过脸对木嫂说，孩子真的不错啊！这样的情况下，我们还有什么不放心的啊！我回去哪怕马上就挂了也能闭上眼了。

木嫂嗔怪地说，你胡说什么啊！快点睡觉！说完翻身给了我一个脊背。

我苦笑了一下,闭上了眼睛。

飞机是早上十一点多的,第二天一大早我们就起床整理行装,匆匆地吃好早饭,拎着行李下楼上车直奔机场了。

我们住的地方距离机场也就一个小时的路,也许是因为星期天之故,路上的车子不是很多,一路畅通地九点不到就到了机场。

在换好票进入安检口前,不知道是不是要与孩子们分别在即了,我一下子感到十分郁闷,朝前迈的每一步都很沉重。我真的不知道此次与孩子们分别是不是诀别,更不知道回国后我的命运会出现什么情况。此时此刻,内心里真的充满了酸甜苦辣麻五味交集的感觉!

说实话,我本想晚点进安检,以便多和孩子们待一会儿,但我怕我的眼泪会忍不住流下来,因此时此刻眼泪已经在眼眶里不停地涌动着,稍微控制不住就会夺眶而出。为了不让孩子们看到我泪眼迷蒙的样子,我始终没有回头看他们,而是拉着行李箱朝安检口走去,以至于木嫂在身后不停地说着,你走那么快干吗!

我也知道我此时的举动有些反常,但是我真的不能回头停下来，我怕我只要一转身，眼泪就会忍不住地滑落下来，我不希望让孩子们看到我流泪的样子，不希望在他们面前自毁我一辈子都很坚强的形象啊！

过了安检后，我远远地回过头看去，本以为孩子们已经离开了，但看到儿子和儿媳还有孙子，三个人眼巴巴地在栅栏外面看着我们，虽然没有说话，但我感觉到他们也是一种很复杂的心情。

此时，我连忙转过脸，再也忍不住眼眶里憋了很久的眼泪，任其顺着脸颊滑落了下来。要不是众目睽睽之下，我真的想号啕大哭一场……但我不能，我只能想象着铁栅栏外站着的孩子，默默地流着眼泪。那一刻，我真的有种和孩子们诀别的感觉啊！不，准确地说，我当时就是认为这次的分别是诀别！

良久，我用手掌抹了一下脸颊上的泪水，转过身对孩子们挥了挥手，表达了让他们回去的意思后，决然地转过身又拉了木嫂一下，朝登机口的方向走去……

找到东航班机登机口的休息处坐了下来，我的心里堵得很，那种诀别的感觉愈来愈强烈了……

十三

如何治疗

经过十一个多小时的飞行后,飞机降落在了上海浦东机场。刚到机场就接到小兄弟的电话,告知他在出口等我们。坐上车后直奔崇明,在路上,我们找了个饭馆简单地吃了顿饭后才回到家。

唉……还是自己的家好啊!难怪人家常说:金窝银窝不如自己的草窝啊!躺在自己家的床上,浑身这个舒坦啊!

经过一夜的休整后,我将面临的问题就是如何治疗了。

木嫂还是坚持能做手术就手术的想法。在她看来,也是很多医生的观点,那就是只有手术才是治本,切除了肿瘤才能阻止其继续发展和转移。

但我的内心十分抵触手术,我已经经历过三次大的手术,虽然都是关节上的手术，但是手术中多少都出现了一些问题，而且术后身体素质的改变也是十分明显的。如今这种胰腺手术的难度那么大，且都是涉及内脏部分，术后愈合的好坏真的很难预测。我不想在生命即将离去的时候再受那么多的痛苦。

木嫂回到家后一直思索着如何治疗的问题。我很理解她的心情，作为亲人，她自然是希望我能得到很好的治疗。虽然前途渺茫，但若是有一丝儿希望，她也会努力的。

所以，如何治疗我不做过多的要求，抱着随遇而安的态度，给予她极大的思索空间和自由，但是坚持不手术的原则，我始终是不会改变的。

为了探求如何治疗的问题，木嫂几乎每天上午都去医院，与科里的医生们协商如何治疗的问题。

在我们还没有考虑好如何治疗的时候，我患病的消息已被很多人知晓了，这是我们始料未及的事情。我自从查出罹患胰腺癌后，没有通知过任何人，我不愿意让朋友们为我担忧。而且这种病既然得了，在非人为可以干涉和改变的情况下，我唯一能够选择的态度就是坦然面对。

让我没想到的是，在得知我们从美国回来后，家里就热闹了起来。很多平时来往很多的朋友，听说我患了重病后，都十分关切地来到家里探望我。

看着这些朋友关切的神态，我十分感动。说实话，平时虽然与朋友们交往甚欢，但那是身体没有出现如此之大的问题，虽然关系都甚好，也看不出更多亲疏远近。但在这种关键的时候，则让我真正地感受到了朋友间的亲疏远近。

真正的朋友，贴心的朋友，那种关切的目光和话语，让我感动的同时温暖着我的心。他们都是知道消息就十分着急地多次前来探望和表示慰问之情。但是也有一些人，以往我并没有亏待过他们，而且很多时候付出了很多真情。可是从现实来看，他们是应该知道并且很清楚我患病的情况，可却始终没有表示出一丝儿的关切，这难免也让我有些伤感。也许应了那句"人之将死其言也善"的话儿，我这样患重病可能是处在濒死状态下的人，心态似乎比以往任何时候都好、都坦然、都平静了。对这些人间冷暖的差异，也十分大度和宽容了很多。所以，不管是来与不来，探望与不探望，我都十分坦然地不去多想了。毕竟，每个人选择什么方式去处世为人，有着他们个人的原则和方法，任何人都不可能去强求别人如何对待他人，我更不能要求人家如何如何去做了。

为了进一步了解治疗疾病的方法，木嫂在不得已的情况下，给我们平时处得如同兄弟般的战友们通报了情况。一个是寻求更多的帮助，探求治疗的最佳方法，一个确实是在治疗方面需要战友们的帮助。

果然与我们预料的一样，我患病的消息如同炸雷般在战友间引起了很大的震动。战友们关切的问候接踵而来，络绎不绝。一位战友在我们的战友群里说的一句话，让我真的感受到了这种纯洁战友之情的厚重。他说，听到这个消息我们都很震惊，但我知道此时此刻任何安慰的话语都显得苍白无力，唯有真诚地祝福你能坚强地与病魔斗争，并且战胜病魔。

说实话，像我这样的疾病，稍微有些医学知识的人，都能感知其凶险性，单纯的安慰和探望只不过是一种情理和亲情下之所为，真正解决问题的是个人的坚强意志和有效的治疗方法。也许可能出现奇迹，但这种奇迹出现的希望十分渺茫。我知道这个情况，大家也都心知肚明。因此，明智的战友们除了内心深处的关心和担忧外，他们想的就是如何让我心情好一些，心态舒缓一些。并且想尽一切办法，协助我去探医寻药和积极治疗。

那些平时生活中的好朋友也是关心备至。他们不但探视我，还带着好多水果和慰问金来家里陪我说话。这让我真的好感动啊！他们虽然话语不多，说的关心话语也是斟字酌句地思索了很久才说出来，但我能感觉到他们无言之中的那份真正关心的内在。一方面让我感知了人间的真情冷暖，另一方面也激励我一定要树立坚强的信念去坦然面对疾病。

说实话，去了美国一趟，我的心绪已经平静了很多。面对如此险恶的疾病，在个人所为无法阻止病情发展和左右疾病的状态下，也许我选择坦然面对才是唯一可行的方法。毕竟任何惧怕和忧虑都是于事无补的。唯有坚强、坚强、再坚强地去面对，才是我必须做的事。

鉴于我已经开始服用化疗药，而且在美国的后半段时间里，我的病症有了一定程度的舒缓，也多少动摇了我不化疗的决心。毕竟是精神上的力量还是化疗药的作用不得而知，但是症状减轻和消除的事实是存在的。

很多战友和朋友都劝我要积极地去治疗，如果手术可以改变的话，还是应该选择手术。尽管他们也知道手术的风险是很大的，但自然是认为如果有希望那还是应该争取。其中一个战友的话语触动了我内心深处最柔软的求生希望。他说，你也不要拒绝治疗，你就当那些治疗是试验，尝试了才知道是否有效。如果你治疗了试验了没有效果，那是天数，如果有效果，不是可以延缓生命和阻止病情的发展吗？但是如果你不去试验，那就会错失了治疗的机会！

说实话，这些话语虽然不是什么大道理，但却动摇了我不化疗的决心。口服化疗药"替吉奥"后出现的症状减轻的现实，更佐证了治疗是有一定疗效的事实。

因而，当木嫂从医院里回来后，带来了医生们的一致意见，那就是既然服用化疗药减缓了病症，应该继续化疗，并加大用药的力度，使之能扩大疗效。

面对木嫂那凝重的面庞，以及她所表达的让我进行化疗的企望神态，我能说什么啊！

她和医生们的意见虽然有违于我的愿望，可是她说的情况却是事实！在服用了化疗药后病症有所减轻，起码是不那么疼痛了，瘙痒也没有了。至于究竟是精神的作用还是药物的作用，很难有一个准确的定义，但有所改善还是必须承认的。

因而，我虽然很犹豫，但也拿不出很充分的理由拒绝。我有些无奈地对木嫂说，让我再想想吧！

那天夜里，我没有睡好，脑子里反复地想着是否接受大剂量化疗的问题。反复地权衡和思索时，脑子里就像有两个小人在斗争般，每个人的意见都相左，一个是说可以化疗，一个是说不可以化疗。总之，直到快天亮的时候，我才迷迷糊糊地睡着了。

第二天上午，我在电脑上查阅了很多关于化疗的资料，以及很多化疗亲身经历者的表述，也查阅了一些化疗对于癌症治疗方面的资料。思索之下，我决定试试看！既然服用化疗药有效果，那么就再试验一下吧！于是，我对木嫂说，可以做一两次化疗看看情况，如果我的身体出现了异样状况，一定要即刻停止。

在得到她的肯定答复后，我同意接受大剂量，也就是静脉滴注方式的化疗。

木嫂看我终于接受了化疗建议，自然是松了口气！于是她又给我介绍了目前医生初步定的两种化疗方案，对于采取哪种化疗方案，大家尚未取得一致的意见。

据木嫂介绍，肿瘤医院给出的两种化疗方案是这样的。方案一：化疗药奥沙利铂＋伊立替康＋5FU＋亚叶酸钙＋吉西他滨；方案二：化疗药白蛋白紫杉醇＋吉西他滨（上述都是代表化疗药名）。

这两个方案，前者属于欧洲人常用的方案，亚洲人的身体一般都受不了；后者是国人常用的，但是对患者的损伤和反应也较大，尤其是很多人使用后会出现严重的脱发和红白血球下降的情况。总之，两种化疗方案对身体的损伤都是挺厉害的。

在与医生们协商后，我们最终决定采取第一种方案，也就是欧洲人常用的方案。虽然它对人体的损伤厉害，但是欧洲人使用的效果还是不错的。当然了，对于这个选择都是医生们去决定的，我个人并不知晓，也无力去选择。

那么，化疗的效果究竟如何呢？

十四

经历化疗

选择了化疗方案一后,医生为我做了系列检查,主要是以血检为主,也有心电图、肝肾指标和 CA-199 肿瘤指标等,这是为了防止在化疗期间出现别的问题。当然了,检查 CA-199 指标,是验证化疗前后数据的变化。

在经过一系列的检查后,我终于要进行大化疗了。

为了避免化疗药物对血管的影响,住进医院的第一天,肿瘤科就安排给我的血管里埋 PICC 静脉管。

考虑到埋管后我的生活方面的便利,护士长专门邀请了一病区的护士长亲自来给我的上臂埋管子。

起初我以为埋管子就是用针头在血管处打个洞,然后把管子送进血管就是了。没想到那阵势和做手术差不多,先是在胳膊部位大面积的碘酊消毒，然后铺盖上开着洞口的消毒手术布，随后又用消毒布盖住我的身体其他部位，注射了麻药后在 B 超机器之下给静脉埋入管子。

在胳膊上埋了管子后方便多了，注射时不用扎针，直接把输液管子插入埋管的接头里就可以了。这样的好处是保护了血管，还免除了每次输液扎针的痛苦。不便的是埋入管子后，每周都要进行清洗和更换外部的接头等，洗澡还要格外注意插管部位的防水。

做好准备工作后，我接受了第一次化疗。头一次化疗连续进行了两天，输液时间都在十几个小时。因而我住在了医院没有回去。第三天化疗输液结束后，我才回家休息。化疗的两天里，真的很不舒服，十几个小时的化疗输液，让我不得不躺在床上不说，而且化疗药似乎有兴奋剂，让我一点睡意都没有，始终处于亢奋的状态。即便是合眼迷糊一会儿，也是假寐般地随时会醒过来。因此，化疗结束后的那天回到家里，我睡得很好很香甜。

化疗的疗程安排是每次化疗间隔一个星期，这主要是考虑身体的承受能力，另一个也要随时检查红白血球和一些血常规变化的情况，如果患者化疗后的红白血球下降很厉害，那就不能继续化疗，要等各种血象指标都恢复后才能继续化疗。

说起来也很怪，按道理我使用的方案是欧洲人用的方案，也就是医学上说的"FOLFIRINOX"方案，一般的亚洲人在接受如此剂量的化疗后，都会出现很强烈的化疗反应。可是，我的第一次化疗，似乎反应相当平淡。虽然三天后血检化验时红白血球和胆红素略有下降，但没有出现别的病人化疗后的疲劳、困乏、浑身无力、胃口不佳、睡眠质量差等症状。相反我是胃口极好不说，而且睡眠状态极佳。九点半上床后倒头便睡着了，而且一睡就到了第二天早上的六七点钟才能醒过来。人也没有疲乏和萎靡的情况，依然是精神状态十分之好。

化疗后出现这样的状态，不但木嫂感到奇怪，主治医生也觉得十分惊异。但不管是奇怪也罢、惊异也罢，我确实是这样的身体反应。所以，在一周后再次复查血检时，我的指标都在可进行下一步化疗的范围内，而且胰腺癌指标 CA-199 从化疗前 180 多，下降到了 80 多（正常指标是 0—27），这说明化疗对于杀死癌细胞还是很有效果的。于是，医生安排我进行第二次化疗。

根据化疗方案的操作规范，第二次化疗要持续48个小时等剂量和不间断地输入化疗药物。也就是说这48个小时里我的输液管始终保持通畅地持续输入化疗药。加上输入一些辅助性药物，比如说护肝护胃的药物等，连续输液的时间从头天的九点钟开始，直到第三天下午的六点多，时间长达56个小时，也就是说在整个化疗期间我都要在病床上躺着。

肿瘤科的护士们对我真的是很不错的。第二次入院化疗期间，刚进去的时候没有特需病房，先安排我在普通病床上化疗。进去后几个小时，特需病房一空出，马上安排我住了进去。由于现在人们的经济条件都好了，很多病人都要求住特需病房。因此，特需病房总是排得很满不说，还要排队才能住进去。他们及时地安排我住进去，肯定是插队在别人的前面了！当我对护士长和主管护士表示感谢时，他们很客气地说，我们也只能这样力所能及地表示对您的关心了，我们都希望您能战胜疾病。

听着她们的话语，看着她们那关切的目光，我真的好感动啊！说实话，这都是沾了木嫂平时为人好的光啊！在肿瘤科打工的这几年里，她与科里所有的医生护士都处得十分之好。平素，她们从来没有把她当作退休的人，全都很尊敬地喊她 N 老师。连她们科里的大聚餐和小范围的聚餐，都邀请木嫂参加不说，还几次邀请我一起去，说是让我也和大家一起开心愉悦一番。

尤其是这次患病住进了科里，几个主任时常到我的病床前问候外，别的医生护士都十分关心，不但在病床前嘘寒问暖，还在可能的情况下提供了很多便利条件。第一次住院输护肝护胃的液体时，我因为躺得不舒服调整姿势时不慎，造成针头划破血管形成了鼓包，护士小 S 在给我拔出针头换血管重新扎针时不停地向我道歉，反复检讨她的针扎得不好，让我受罪了等等，搞得我很不好意思。其实，出现这样的情况，全都是我自己不老实躺在那里造成的。

第二次化疗结束后回到家里的第四天，我再次进行了血检，这次的结果让我大吃一惊，各种指标直线下降，红白血球的下降速度简直呈瀑布式，从第一次化疗的 5000 多，下降到了 1000 多。而且血红素和血小板都下降到了正常指标之下。

为了让我能够尽快地恢复，医生开了不少升红白血球和血红素、血小板的药物，并且持续性地让我输入护肝护胃的药物，还注射了升白针，并建议我吃一些泥鳅、甲鱼等食物，促使我快速地提升红白血球的含有量。

让人奇怪的是，我基本上没有疲乏、困顿和萎靡的症状，精神状态依然不错。睡眠和食欲等都很正常，也没有出现呕吐等现象，且说话中气很足，依然保持我原先正常的音量分贝。这让医生感到奇怪，我们也感到很奇怪。当然了，我也挺高兴，起码我没有出现呕吐等不良症状，人也没有出现萎靡等现象，这无疑保证了我的基本生活质量，也从另一个方面说明我的身体素质还是不错的，暂时没有被化疗的强大攻击所击倒、击垮！

为了尽快地恢复正常的血常规指标，那些天里我吃了不少泥鳅，也吃了三只野生甲鱼。这些都是朋友送来的，为了让我恢复红白血球的。那些东西开始吃的时候还好，到最后就有些恶心了。但是为了尽快地恢复血常规指标，我把这些食物当作药来吃。即便是感到很恶心，也依然坚持吃下去。

整体情况来看，那段时间的恢复还是有一定效果的，虽然我的血常规各种指标尚未恢复到正常指标，但是已经基本接近，部分指标如血小板、血红素等都恢复到了正常指标。

已经进行了两次化疗，这两次化疗是按照上海肿瘤医院医生的建议做的，方案也是他们提供的，那接下来如何治疗的问题,又摆在了我的面前。

为了能够检验两次化疗的效果,除了血常规检查外,我又进行了一次增强 CT 的检查。从 CT 片的整体观察来看,肿瘤没有什么缩小,依然是原来的尺寸。但多少让我感到有些欣慰的是肿瘤没有再长大,而且胰腺癌的指标 CA-199 从开始时的 180 多,下降到了 60 多,也就是说该指标还是呈现出明显的下降趋势。

既然肿瘤没缩小,那么压迫十二指肠动脉血管的程度也没有改变,手术应该是不能进行的。

此时,肿瘤科的 L 主任专门和我交谈了一次,并且在纸上给我列出了很多方案和分支治疗的选择等。那些医学术语我不是很懂,但他的意思我听明白了。他认为既然化疗效果不明显,肿瘤没有改变,那就应该尝试放疗看看。而且他还用他曾经治疗过的患者病例佐证。意思就是我可以在科里做放疗,这个放疗的数值可以不要设置得过大,稍大点面积的在肿瘤部位和四周范围内放疗,以清除掉肿瘤伸向四周的触角,待放疗将肿瘤四周的触角清除后,再进行精准的放疗,重点消除肿瘤。

应该说他的意见还是挺好的,但是,他最后还是说,如果肿瘤缩小后，还是最好手术切除，因为他们认为手术切除才是治疗肿瘤的根本。可是，这违背了我的意愿，因为，我从心里很抵触手术。

那么，我该如何选择随后的治疗方法呢？

十五

上射波刀

两次化疗结束后,如何治疗对于木嫂来说,是个很难抉择的问题。当然了,我作为患者也有抉择的权利,但最终如何治疗,还是要听从木嫂和医务人员的意见。

木嫂为了选择下一步治疗的方式,带着我的CT片在战友的协助下,开着车子连续跑了市区的肿瘤医院、新华医院、同济医院、长海医院等著名的医院,通过各种关系寻找到相对权威的医生来看片子,征询如何治疗的意见等。

虽然联系和走访了很多专家,但是结果却不是很理想。不是医生不认真,也不是他们的意见不对,而是形成了两种截然不同的意见。一种是必须手术切除,只有手术才能治疗;一种是手术风险太大,而且手术后的愈合肯定不会很好,建议继续化疗和采取放疗等措施。

这下子让我们很为难了，究竟如何选择，真的是个很难抉择的问题啊！

木嫂打工的医院癌症病痛研究所的所长，知道我罹患了胰腺癌后十分关心不说，还给了我慰问金以示关心，同时不时地询问治疗情况。在得知我们做了两次化疗后，她建议我们带着片子去找一下新华医院副院长，也是兼职肿瘤科主任的L教授诊断一下。据她介绍说，L教授的胰腺癌手术做得相当好，他的诊断应该对我们选择如何治疗有帮助。对于她的建议我们自然是同意了。她立刻就帮我们联系了L教授。由于L教授十分忙，约定的时间是在他手术前的空当，也就是早上八点到八点半之间的半个小时里。

这个时间对我们来说，即便是乘坐最早一班大巴，也是赶不到医院的。因此，为了不影响L教授的诊断，我们提前一天赶到市区，准备在医院附近住下来。既然决定了，当晚我和木嫂就乘车去了市区。

妻弟听说我们要提前去市区，立刻开车等在大巴车站，把我们送到了新华医院附近，并且陪着我们找到了宾馆，还说第二天送我们回崇明。我们自然是不好意思再麻烦他专门送了，毕竟白天回去很方便的。

为了能够再次咨询专家的意见，晚上我们又联系了在二军大工作的战友，让她联系长海医院的放射科主任，咨询一下放疗方面的情况。很不凑巧的是，放射科主任第二天十点要去参加会议然后还要到海军医院去讲课，要是去咨询，只能赶在十点前的间隙，此前他会等在办公室里。这么一来，我们必须在新华医院的L教授诊断完后，在十点前的间隙里赶到长海医院。

第二天一大早，我们在八点前赶到了新华医院，在所长的安排下见到了L副院长。他真的是很忙啊！边吃饭边给我诊断片子。看着他凝重的目光，我读懂了他眼神里的严重性。虽然他对我说，你的情况还行，手术是可以进行的，只是要在手术前做一些必要的检查，要做血管造影和一系列的确诊，还要联系多学科实施综合手术。但是，我能感觉到，他对手术的风险也是很担心的。毕竟肿瘤处在胰头部位，压迫着十二指肠的动脉血管。所以，他最后并没有肯定地说，是否手术要等一系列的检查后再决定，并安排一个医生带着我们去办理住院手续就结束了诊断。

因为我对手术十分抵触，所以，我对那位医生说，我们今天来得匆忙，各种生活用品都没有携带，是否等我们回去准备好后再来住院呢？

那位医生挺好的，他说可以，你在来之前提前一天给我电话，我安排好病床后你们再过来。并叮嘱我们，一定要提前一天给他电话，因为病床很紧张的。

告别了医生，我们急忙乘地铁，在九点四十分的样子赶到了长海医院。战友已经很早从住地赶过来等在那里了，接到我们后马上带着去放射科Z主任的办公室。他在认真地看了我的CT片后，对手术的问题持反对意见，并十分坦率地告知我们，根据他读片的经验来看，我的手术即便是做也是开关手术，也就是打开后无法进行手术而封闭刀口。他建议还是做射波刀治疗，并且根据他知晓的情况，告知我们射波刀的效果应该是可以的。因为他要开会，上述意见是他在去开会的路上向我们介绍的。所以，他表达了意见后就去会议室开会了。

他走了后，我们站在外面和战友商量了一下，接下来如何办，是回去还是如何？战友说既然来了，还是去外科和肿瘤科再咨询一下吧！于是，我们又拿着片子来到了肿瘤科。真的很巧，正好碰到了战友女婿的同学在科里。他很热情地询问后，认真地看了片子，对我们说，根据十二指肠动脉血管的压迫情况，手术的风险还是很大的。而且他很坦率地说，目前从国内的医学情况来看，静脉吻合手术比较成熟，而动脉血管吻合的手术不很成熟，如果处置不当很容易出现突发情况，因而他劝我们选择手术还是要慎重为好。

为了做进一步的诊断，他又带着我们找到肿瘤科的老主任，请他看片子诊断和提出意见。老主任反复看了我的片子后，询问我有什么不适的情况。我如实地对他说，目前没有什么特殊的症状，也不疼痛，瘙痒也没有了。人吃饭和睡眠都还可以，进行了两次化疗，也似乎没有更多的不适反应。虽然从片子情况看，肿瘤似乎变化不大，但是癌症指标有所下降。

他沉思了一会对我们说，从目前的情况来看，你的肿瘤恶性程度不高。如果恶性程度高的话，病人不可能如此太平，会出现疼痛难忍的状况。他也给出了意见，认为还是做射波刀比较好。

木嫂提出是否可以手术的问题，他说，我个人的意见是不建议手术，因为手术的风险在50%以上。从目前肿瘤压迫十二指肠的情况来看，手术中出现大出血的情况是存在的。

而且一旦出现大出血的情况，那么……

虽然他没有说出来后面的话，但是明白人一听都知晓，手术的结果肯定不理想。

接着他又说，选择手术要根据病人的实际情况。从你现在的情况来看，各方面都还是不错的，难道你愿意走着进去，横着出来吗？如果你的情况很糟糕，处于没有办法的情况下，选择手术搏一记，还有50%的希望，搏上了可以，搏不上也没什么，毕竟是没办法的办法。可是你现在的情况，难道愿意去冒那么大的风险吗？很可能进去就不能活着出来了。

既然医生如此表示，木嫂也明白了手术对于我而言是不适合的。她也不会和没必要冒如此大的风险坚持让我手术。可以说，这位主任的话让木嫂彻底打消了手术的念头。虽然她心里多少有些不甘心，但她此后再也不提选择手术的问题了。

既然是这样的情况，我们马上联系了放射科的Z主任，安排我们做射波刀治疗。他挺热情地给我们安排了时间，并表示他会在11月28日我们去医院时，亲自为我们做CT定位，以保证29日可以开始做射波刀治疗。

为了方便治疗，本来我们想住院，可是放射科没有病床，要住院只能安排到别的科室。如果住进别的科室，科室不可能不做一点检查之类的活儿，所以，主任建议我们还是在外面找个宾馆住下，每天来医院做治疗就行了。既然如此，我们采纳了他的意见，在长海医院对面找了个宾馆住了下来。

11月29、30日两天的下午，我做了射波刀的治疗。整个治疗安排是五天，但因12月1、2日是休息日，我们在30日下午做好治疗后就返回了崇明。12月3日上午又从崇明出来住进了宾馆里，在3、4、5日三天里，连续完成了整个疗程的治疗。射波刀的费用挺昂贵的，一次1.6万元，而且全部是自费。这个治疗相对重离子治疗还是便宜了很多。重离子治疗从理论上来说，属于射波刀的升级版，精准度会更高一些，但是费用更贵，每个疗程四五十万元。

为了配合治疗，我们的战友还丢下需要照顾的外孙女，专程赶过来带着我们，利用射波刀治疗的间隙，去了上海的群力中医院看中医。在经过医生的号脉和初步检查后，配了配合治疗的中药，进行身体调理和治疗。

虽然在五次射波刀治疗过程中，我没有出现什么明显的不适，而且射波刀的整个治疗过程没有痛苦和异样的感觉，但是我似乎感觉到心跳加速了，尤其是晚上睡觉的时候，心跳的速度明显加快，让人感到十分不舒服。

这个症状，其实中医在诊治和号脉时已经有所发现，他曾经提出并询问我，怎么心跳这么快呢？还询问我是否有什么不舒服的感觉。我当时只是说睡觉时感觉心跳得"怦怦怦"的，但没有感觉到什么更多的不适。中医大夫似乎也没有对此引起重视，当然了，作为我这个患者而言，没有对这种不适和异样重视起来，也没有把这个不适的症状，与射波刀的治疗联系起来，更没有把这个不适的症状，告知给我治疗的Z主任。

而对这个症状的观察和治疗，由于我们没有重视，也没有通报给医生，因而遏制这种不适的治疗有些延误，最终导致了险些让我陷入一命归西的严重后果。

十六

险入鬼门

12月6日,是我完成五次射波刀治疗回到崇明的第二天。一大早起来,我就觉得心跳更快了,而且胃部不停地朝上翻着,阵阵呕吐的感觉冲上来。

起初我一直压抑着胃部不适引发的想呕吐的感觉,饭前算是没有呕吐。可是,当我喝了半碗小米粥后,呕吐就持续不断地开始了。而且来势凶猛,连续不断地呕吐,几乎把肚子里的东西都吐了出来,吐到最后连胆汁都吐了出来,嘴里苦殷殷的全是苦胆的味儿。漱了漱嘴后,又喝了几口水,随即又吐了出来。

一天时间里不知道吐了多少次,反正是肚子里有什么吐什么,连水也不能喝,喝了就吐。可是肚子空空的不喝水嘴巴又干得不得了。所以，这一天就是喝水……吐……再喝水……再吐……

晚上吐得我是浑身没有了力气，肚子还空得难受。我让木嫂给我蒸了一碗鸡蛋羹吃了下去。这下子可好了，没到半个小时就又开始新的一轮呕吐了。

当时我以为是前期做化疗的滞后反应，没有朝射波刀治疗引起不适方面去想。所以，也就没多当回事。既然呕吐，总有过去的时候吧！何况化疗呕吐是很正常的反应啊！

12月7日晚上九点多钟了，我们已经上床很久了。但是我一次次地起来呕吐以及喝水再呕吐的，浑身没有一点力气。

木嫂看着我趴在马桶上不停呕吐的凄惨样子，对我说，咱们还是去医院吧！并且马上和值班的医生联系床位，在得知给我们腾出了一个病床后，木嫂动员我去医院。

我看到她穿着内衣给我端水冷得打寒战的样子，再听到外面的风呼呼地响着，即便是穿好衣服去医院也会很冷。真的挺心疼木嫂的，想着如果去医院她要彻夜陪我，肯定得不到休息。于是我说，坚持一下吧！明天再去医院！在我的坚持之下，木嫂只好扶着我躺了下来。

我躺在床上，眼前不知何故出现了幻觉，不同的画面不停地迭现而出，我迷迷糊糊地和画面里的人物说着话，身边的木嫂听得糊里糊涂的，在她追问我说什么时，我一下子醒悟过来刚才眼前的画面是幻觉，并告知她我没说什么，她说，你怎么没说什么啊！一会说这个一会说那个的，也搞不懂你说的什么。我们还是去医院吧！

我很担心从热被窝里爬出来，心想着，这大半夜的去医院，还要麻烦医生和护士，万一木嫂再感冒了怎么照顾我啊！所以，我坚持不去医院。

这一夜十分不太平，我又起来呕吐了五六次，并且在喝了水后没多会儿又开始呕吐了。也许是血糖过高的关系，我的嘴巴干得嘴唇都起了皮，不停地喝水导致不停地呕吐。

好不容易挨到了凌晨五点多，我又一次被眼前的幻觉惊醒过来。其实，整整一夜时间，我几乎没有睡着过，眼前不停地闪现着不同的画面。而且心跳得很快，整个心房"通通通"剧烈地跳着，感觉十分不舒服。

五点多的时候，我难以忍受心跳加速以及幻觉迭起的感觉，挣扎着起来穿好了衣服，并且再一次被涌上来的呕吐感驱使着去了洗手间。从卧室走到洗手间这六七米的距离，我都不知道是如何走过去的。只觉得浑身软得像面条一样，我扶着能扶到的任何物体，到了洗手间后，整个身子依靠在洗脸池的柜子前，全靠两只手的支撑，我才能站得稳一些。我马虎地刷了牙洗了脸，又扶着墙到了厅里，穿上了外套对木嫂说，赶紧去医院吧！我感觉都支撑不住了。

于是，我们连床也没有收拾，穿上衣服后在木嫂的搀扶下，一步一步地挪到了车前。好不容易爬上了汽车的后座，整个身子就瘫软在了座位上。

木嫂也感觉到了我的身体情况很不好，她一改往日开车很稳当和缓慢的习惯，把车开得飞快地赶到了医院。

在她去停车的那个瞬间，我呼吸急促地大口喘着气，人软得站不住而不得不扶着路边的绿化树，若不是依靠着扶着树干的手臂支撑，我肯定会瘫软在地上。此时我的心跳得已经不能用数字去计算了，而是那种急促的鼓点般的不停顿的狂跳，似乎心脏要跳出我的胸膛般的狂跳，我赶紧要用手捂住胸口，生怕心脏不小心会跳出身体。

木嫂停好车后赶过来，看到我脸色很难看地扶着树歪靠在那里，连忙上前搀扶着我朝病房走去。我扶着她的肩膀走了才两步，腿就软得迈不出去了。我无力地对木嫂说，不行，停一停吧！我们就这样走两步歇一下的好不容易来到了病区。

值班的护士看到木嫂搀扶着我，连忙上前一起扶着我来到了给我们预留的病床前。几个值班护士都在扶我的护士的招呼下赶了过来，手忙脚乱地帮我铺好了床铺，然后扶着我躺在了病床上。此时此刻，我似乎用尽了全部力气般地瘫软在了病床上。

值班的L主任赶了过来，对我进行了检查和询问后，马上去写紧急医嘱和开药。按照临床的经验和他们平常遇到的情况来看，我出现连续不断的呕吐后，肯定会出现低血钾低血钠的情况，他开出的输液用药都是氯化钾、氯化钠等。因为我的心跳过速，他联系了心血管科的医生推来了心电图的机器给我测心电图。没想到，连好线开始测心电图时，心跳的划线上蹿下跳的波动很大。医生看到这个情况，马上诊断我因心跳过速，极易出现心脏瞬间停跳的症状，立刻和L主任商量用急救药控制心跳过速。医生也检查出我出现了急性肾衰的症状，赶紧配置了肾脏方面的急救针打入了我的身体。

这个L主任真的是我的救命菩萨啊！他当时开了很多氯化钾、氯化钠的输入液体后多了个心眼，安排护士给我做一个急诊血检，检查的项目是血钾、血钠和血糖。因为当时用血糖仪测我血糖时，血糖仪都爆表，无法显示血糖指标了。此时，护士们正在紧张地按照医嘱给我配置输液的液体。

由于我的血检是血检物体送到即检查的那种病床急诊，很快我的血钾、血钠检测出来了。万万没有想到的是，按照平常的临床症状去处置，我应该出现低血钾、低血钠的情况，但是我上吐下泻的，不但没有出现血钾血钠偏低的情况，却反其道而行之地出现了高血钾、高血钠。若是按照刚才开出的医嘱输液的话，势必导致我的血钾、血钠更高。

L主任拿着我的血检单，可以说真的是捏了把汗啊！如果按照临床的经验去处置，以及执行他此前开出的医嘱的话，我肯定会因为血钾、血钠更高而出现危险。而此时，我的心衰症状和肾衰症状也出来了。人软得什么都不知道了，而且还出现了浑身发冷的现象，上下牙关"咯嗒咯嗒"不停地颤动着，眼前的幻觉更是剧烈地闪现，过去是五六个画面，此时已经是十几个画面在不停地闪现。过去是呢喃的说胡话，现在已经变成舌根发硬的含糊不清了。这下子医生们着急了，迅速地开了制止心衰和肾衰的急救药。

那一针一针的急救药通过我此前安装在胳膊上的管子不停地输入到我的身体里。医生怕引起我呼吸衰竭，赶紧给我上了吸氧面罩，并把急救的呼吸机也推到了我的病床前。可以说，我当时真的到了命悬一线的程度了。不但是木嫂急得团团转，医生和护士也如同上了发条般的紧张，像绷紧了的弦一样围在我的病床前忙着……

在经过医生护士将近一个小时的紧急抢救后，我的症状逐步地缓解了。医生最后确诊我是因放疗（射波刀也属于放疗）引起的电解质紊乱和酸中毒等并发症，随后的治疗也就更有针对性了。

12月8日上午九点多的样子，科里的Z主任听说我住院而来到我的病床前，估计是想问候我一下，可他刚叫了我一声"木老师"后，脸上便出现了短暂的惊讶。虽然我当时的感觉也很恍惚，但是他那瞬间面部出现的表情还是被我捕捉到了。

第二天回忆起当时的情景，我断定是他看到我的面色那么差，有什么不好的预感了。因为，他在肿瘤科几十年里，看多了患者临死前的症状和表情，我分析他一定是想到了我的病情可能导致的后果。因为，他是个很有经验的专家，单纯地看患者的面色情况等，即可判断该患者大概在多少时间范围内离开人世。

记得我岳父临去世前也是住在这个病区里，当时他看过我岳父的情况后，询问我们是准备走在医院还是走在乡下家里，并告知如果走在医院那就不出院，如果想走在家里应该立即出院。他虽然没有明说，但已经估计到岳父的大限过不了当晚。我们当时也没多在意，没想到岳父果然在下午三点多走了。从这点来判断，8日那天我的脸色肯定给他的感觉很不好，否则像他那样处变不惊的老医生，绝对不会在表情上出现那般惊讶的神色。

10日上午，我的情况基本稳定并在逐步地恢复了，虽然我两三天没吃东西，但是精神状态明显比8日早上来的时候好了很多。木嫂很后怕地说，当时的情况真的很可怕啊！如果哪一个环节出现问题，你都可能挂了。而且她说此话时一点开玩笑的意思都没有，她是真的感觉到了当时情况的严重性。而我更是如同经历过鬼门关一般地体验了一把临终前的那种状态。因为，我当时出现的心衰和肾衰的症状十分严重，如果心跳继续过速没能控制的话，那么瞬间我就会出现心脏崩溃停跳的现象，而肾衰竭也将导致我滑向死亡。

说实话，我不怕死，但是经历了这一下后，我是真的感觉到死亡挺可怕的！因为，死亡是不以人的意志为转移的，一旦注定你要死亡的话,那么几乎就是在瞬间就挂了。

  因而,我感觉到我必须就我的后事安排提前筹划了,不然,真的再次出现 12 月 8 日的情景,木嫂是很难应对和妥善处置的。虽然我挂了后什么都不知道了,但在没挂之前,把可能预测和准备的情况做一些必要的安排还是很需要的。于是,我给我的一个小兄弟打了电话,希望他能来医院一趟。

十七

难控血糖

在肿瘤病房的五天时间,我度过了最难忘的日子,也是我从死亡线上被医生救回来的五天时间。

经过一系列的治疗后,我的心跳已经趋于正常,虽然一些心衰指标还尚未达到正常的数据,但肾衰的情况已经得到了基本控制。人的精神状态也在逐步地恢复中。

然而,我的血糖情况十分不容乐观。如果不用胰岛素来控制,那血糖指标一直保持在二三十左右,则是很让人头疼的问题啊!

鉴于我的血糖指标一直降不下来,为了能在缓解和消除电解质紊乱的治疗过程中避免伴生性矛盾,肿瘤科一直邀请内分泌科前来会诊并采取必要的措施与方法,控制住我的血糖指标。但是，每次会诊后下了医嘱，用注射胰岛素控制了几个小时后，血糖又会上去。于是他们不停地来会诊，不停地调整胰岛素的使用量。由于跨科室的会诊，内分泌科的医生往往因为本科室的患者治疗等情况而延误前来会诊的时间。而且肿瘤科和内分泌科的病房分别在两座病房大楼里，医生两个科室的来回跑也十分麻烦。故而内分泌科的L主任在得知我的病情基本稳定后，提出让我转到他们科的意见。在与肿瘤科的医生协商后，我在第六天转到了另一座病房大楼的内分泌科住院了。

住到内分泌科里，查验血糖的频率马上提高了。几乎是一个小时查一次血糖，那血糖监测仪的针头，把我的几个指头尖扎得满是针眼。这还不够，还在我的肚子上安装了胰岛素的泵。这种针头扎入皮肤，连接着一个小泵固定在肚皮上，里面的胰岛素按照一定比例输入皮肤内，以降低和调整体内的血糖。而且根据血糖仪测血糖后的情况，随时地调整胰岛素的注入量。这样，我人躺在病床上，却无法很好地休息。到了固定的时间，护士就来测血糖，同时根据血糖的高低调整胰岛素的注入量。

他们这样做的目的，主要是根据不同时间（餐前和餐后）

的血糖变化情况，测出最佳的胰岛素使用量，这样测准了之后，我以后出院就可以按照测定的胰岛素使用量，自行定时或者不定时地注射胰岛素了。

住进了内分泌科病房后才发现，患血糖高疾病的人真多啊！而且不同年龄的人都有，不但病房内要加床，而且走廊上都是加床。我住的病房里原本是三张病床，就加了两张床，门口的走廊对面和两侧都是加床。这下子热闹了，病房里的五个病人加陪护的亲属，还有外面三个加床的病人以及陪客等，人数挺多乱哄哄的不说，还都来这个病房使用卫生间。搞得卫生间里臭烘烘、湿漉漉的，而且不少人上了卫生间不冲厕所不关门，里面的臭气不停地飘过来。

我看卫生间里脏兮兮以及不关门飘臭气的，本想对那些上卫生间的人说一声，让他们注意点冲厕所和随手关门，但后来一想，说什么啊！都是病人和陪客，我是住在正规的病床上，人家加床的人本来条件就比我们差，你再啰里啰唆的，他们心里肯定不舒服的，所以，我就忍着一句话不说。只是不时地在上厕所后，用里面的拖布打扫一下。

不知道为何，自从得了病后，我发现我的脾气好多了，对待任何事情的宽容程度也改变了很多。也许是应了古人云

"人之将死，其言也善"吧！虽然用这句话来形容有些牵强，且此话的意思是人之将死时，所言都是善良的，但我能控制自己的言行，而且不暴脾气不发火，其实也是善良之举啊！嘿嘿……

在内分泌科住院，由于要24小时不间断地测量血糖和注入胰岛素，我必须住在医院里。在内分泌科的十几天里可是吃了苦头了，肚子上安装着胰岛素的输入泵，胳膊上绑了个体外检测血糖的仪器，脖子上还挂着一个实时测量血糖的仪器，还一个小时扎一次手指头测血糖。最让我郁闷的是旁边床的患者是个三十岁出头的小伙子，那呼噜打得啊，简直如同震天炮，而且是从不间歇地连续轰击！头一天晚上进去时，我几乎一夜没睡着。第二天我不得不用棉花球儿把耳朵塞住，并且用被子捂住耳朵，这才似乎能稍微睡了一会儿。

尽管病房的情况不是很理想，但我的血糖在一系列的测试和胰岛素的控制下，还是调整得基本稳定了。

本来准备回家去休息，可是由于身上安装的胰岛素注入泵以及要不间断地测量血糖，所以，我只能住在了医院。本来木嫂也准备在医院里陪我，我看我个人的情况挺好，而且隔壁床的患者呼噜震天响，便坚持不让她陪我。于是，她每天伺候我吃好晚饭,并在帮助我擦洗了身子躺下后她再回去。

回去的路上她还要赶到超市里去买菜,才能回家自己烧点吃的。第二天一大早准备好我白天吃的早饭、午饭、晚饭,还要给我熬制中药放在保温瓶子里带到医院。虽然我住院她不用陪我,但每天早晚忙乎的,似乎比陪我还要辛苦。

因在内分泌科里查验血糖和测量血糖的变化,除了测血糖的频率高点外,别的治疗基本没有。这段时间,我躺在床上开始思索着如何应对突发情况。

那几天,我躺在病床上反复思索着,觉得很多事情确实需要提前做些准备。正好那天我打电话的小兄弟,专门赶过来到了我的病床前。于是,我对他诉说了我的后事处理问题,并十分认真和正式地委托他作为我的后事处理总监,也就是平常说的那类治丧委员会主任的角儿吧!

他当时听了我的话后十分吃惊,感觉到我想得太多了。我对他说,不是我想得太多了,而是经历了上次的突发事件后,我感觉很多事还是早点准备的好。虽然我也希望这种准备暂时用不上,但思来想去,觉得用得上用不上且不说它了,必要的准备还是很需要的。这次我是被救了回来,如果哪天再出现任何偏差或者哪个环节出了问题,我根本没办法思考这些问题。

既然我坚持要做这些准备，并且委托他来负责，他表示了赞同，并说了我的事就是他的事，他一定会全力安排好的。我说，我也只有委托你才能放心，一个是你办事稳重、周全，有很强的组织能力和处事能力；另一个，这些年来我们两家关系很铁，你们夫妻俩对我们真的很好，最重要的是木嫂对你们很信任。因而交给你来协助她处理我的后事，我们都是放心的。

接下来我就一些我想得到的问题和他交换了一下意见，并且告知他我会起草一个文字的东西，把所能想到的以及我个人的想法都细化出来，这样到时候可以按照基本策略去处置。

回忆到这里，很多朋友一定会觉得我是个很奇葩的人吧！哪有自己还活着的时候，自己给自己安排治丧事宜的呢！但我觉得我这样做还是需要的。因为，一旦出现上次那样的突发事件我真的挂了，木嫂一个人是无论如何也很难做到淡定、稳妥地处理我的后事的。毕竟应对和接受突发事件，对每个人而言，都是一种考验。木嫂在失去我的悲痛之际，又如何能妥善地处理一切事情啊！我若是生前做一些委托，这样，一旦出现突发事件，或者病情发展后的必然趋势下，木嫂在战友们、兄弟们、朋友们、同事们的帮助之下，才能不慌乱地顺利处理一应事务！

虽然，作为我个人而言，完全没有必要去做如此安排，但是我和木嫂相处这么些年了，我不能眼睛一闭什么都不管地把一摊子都丢给她一个人承担吧！在我尚还清醒和能够协助她的情况下，尽量地安排好一些事情，避免她的忙乱和措手不及下的无助，我觉得很有必要。对于这点，我的战友和兄弟还是持理解的态度。

这个委托现在已经形成了文字交给了我的小兄弟，因为一些具体的内容不便于公开，在这里我把一些简略的主要内容叙述一下，以免除大家的好奇心。

我的委托主要是几个方面：一是后事处理的人员组成，这个包括我的战友、同事，木嫂的同事和双方的亲戚以及联系方式等；二是通知的人员范围和具体单位；三是不摆放公墓坟祭奠、不开追悼会、不致悼词，只做简单的遗体告别后即火化；四是不购买墓地、壁葬位等。总之，对于所能想到的地方都做了一些具体的安排，这样的话，一旦遇到突发事件，木嫂可以在他们的帮助下，不至于忙乱并能处理好整个后事。尽管我这样做可能大家不一定理解,但是在经历了12月8日那天的鬼门关之险后,我觉得还是十分有必要的。对此,木嫂也没有持反对的意见。

十八

病情有变

在内分泌科住院期间,因为木嫂的关系,内分泌科的 L 主任抓住了崇明中心医院的合作单位新华医院内分泌科 S 主任前来崇明的机会,为我的病情做了会诊,并由他提出一些具体的治疗意见等。

S 主任是位很儒雅的医生,他在认真地询问了我的情况后,得知是胰腺方面出了问题,他就我个人的实际情况,有针对性地提出了治疗意见,谈了如何控制血糖的基本治疗方式和指标控制的范围。在他的建议下,L 主任及时调整了测定和治疗的基本原则,很快,我的血糖指标就稳定了。

因为我胰腺方面出了问题,因而在控制血糖指标上就不能与其他病人一样地设定指标,S 主任和 L 主任两人最后确定，我的血糖指标只要控制在15以内就属于正常。同时他们还商定了每天使用胰岛素的次数和剂量，以及如何分别使用长效、中效、短效胰岛素的方法。总之，此番在内分泌科住院期间，应该说对于我在控制血糖方面还是达到了预期的效果。

既然血糖得到基本的控制，并且决定了如何使用胰岛素的方法后，我出院回到了家里。

出院前，鉴于我服用化疗药有一定的效果，几位医生最后协商决定，我还是要继续服用化疗药，并根据我个人的情况，采取了服用两个星期化疗药后停药一个星期再继续服用的方式。停药一个星期主要是恢复血液的各种指标，看是否影响到血指标的变化，若是在停药的星期末血检下来有很大的变化，那就需要停止或改变治疗的方式。

于是，我就开始继续服用"替吉奥"化疗药，同时也开始服用中药予以调理。出院后的两个星期，我都是按照这样的方式治疗的。本来按照医生的要求，我还要做一个增强CT的化放疗效果评估性检查，但为了更好的检验，经与医生商议后，让我在做了放疗一个月后再做这项检查。这样的目的是能够更好地看到治疗的效果如何。既然医生如此决定，我们自然是服从了。

其实，我的内心深处是挺拒绝检查的。可以说是出于很矛盾的心理，既渴望通过检查，了解治疗的效果，但内心深处又惧怕检查。毕竟检查的结果是可能好转，也可能恶化。如果好转自是皆大欢喜，如果恶化呢，岂不是陡添心理负担吗？

但是不管心里如何矛盾，该检查还是要检查的。两个多星期后，我做了增强CT的检查，并且配合检查又做了一次CA-199和724的指标检查。

第二天，木嫂去单位拿检查结果，我上午在家里，心里真的挺不安的，而且还很忐忑。等她中午回来时，我盯着她问检查结果如何。

但是，她却没有马上回答我，而是指了指墙上的挂钟，说，时间不早了我先做饭，吃好饭告诉你！

她这样一说，我的心里"咯噔"了一下，预感检查的情况不是很好，起码是没有什么好转的趋势，否则她不可能是这个态度。

既然猜测到这样的结果，我也就没必要去多想了，反正已经做好随时"光荣"的准备，所以，出现任何恶化的情况，都在我的预料之中。

因此,吃饭的时候,我极力表现得很轻松,我不想让内心里的情绪有所表露,更不想让悲哀的情绪影响到我们的食欲。

让我万万没有想到的是,木嫂吃好饭后拿出了检查单,对我说,这次检查后你的病似乎出现了一些好的转机。虽然增强CT的片子没有对肿瘤做最后的测定,但是把这次检查的片子与前一次化疗后的片子作比较后,肿瘤很显然地有了缩小的迹象,而且CA-199指标由前段时间的80多下降到了30,这个指标距离正常指标0—27的上限已经很接近了。她又说,这次检查结果出现的变化,连医生们都感到吃惊和欣喜。真没想到射波刀的放疗后,肿瘤不但没有扩大,反而有缩小的趋势。这无疑让我和木嫂看到了抗衡疾病的效果,也增强了不断治疗取得疗效的信心。

我对她说,你回来就做饭不立即告诉我,我还以为检查情况不好呢!她说,那是怕你打了胰岛素后不及时吃饭,会出现低血糖。另一个,从射波刀治疗取得效果这点来看,你的肿瘤是恶性的已经是不可逆转了。所长说过,如果射波刀的治疗没有任何效果,说明你的肿瘤是良性的或者是别的恶性程度低的瘤子，因为射波刀对良性肿瘤没有任何杀伤力。而从目前的情况来看，既然肿瘤有缩小且指标下降了，说明肿瘤是恶性的可以定性了。所以，我们还要继续化疗下去。今天医生也说了，等休息一个星期后，你继续服用化疗药。

我问，还是"替吉奥"吗？她说，是的，因为你服用"替吉奥"的效果还是不错的，目前情况下那就不需要换药了。不过，剂量上还是要增加的，这点上，长海医院Z主任的意思是每天增加两粒，达到六粒药。但我们医院的医生怕你的身体受不了，所以中和了一下，决定增加一粒，也就是说早上吃两粒、晚上吃三粒，并且配合治疗吃一些维生素B_6和护胃的药，依然是采取服用两个星期停一个星期的方式。

既然目前的检查情况出现了好的转机，那么医生如何安排我都要服从的。虽然对于一直吃化疗药，心里多少有些抵触，但还是应该服从医生的决定。起码目前的情况是稳定和没有继续恶化，也就没必要修改治疗的方案。

于是，我又开始了下一轮两个星期的服药。

十九

浓浓亲情

当一个人在顺利和一切都安然甚好的情况下,很多感情是无法体会到的,而当你遇到了困难,尤其是罹患重病的时候,才最能体会真挚的感情和浓浓亲情的温暖。

我自从患病后,虽然不想让更多的人知道,以免大家担心,也不想干扰朋友们和亲人们的正常生活,但是如今的时代,几乎没有什么秘密可言,社会是如此,家庭也是如此。尤其是像我这样得了大病的情况,是很难遮掩的。

比如说,我这次患病就没有告知我在上海的亲戚们,这不是对他们有所隐瞒,而是不希望我患病的情况引发他们的担忧,也不想因我的病而干扰他们的正常生活。但很多时候,尽管亲人之间联系不多,却似乎有一种冥冥之中的预感,即便是不曾告知，也会以一种特殊的方式知晓的。

那是在我第一次化疗期间，在病床上突然接到了表弟的电话，询问我的情况，并且说要来看我。说实话，我和表弟们之间的联系不多，主要是他们在市区里，平时各自都忙乎自己的事情，此番他的电话却不期而至地来了。听到他说要来看我，我以为他知道了我的病情，所以脑子里想的都是：他是如何知道的！以至于我手里拿着手机，却不知道如何回答了。

在他的反复询问下，我才告知我在医院里，他听说我在医院，就连续地问我什么病，我当时真的不知该如何回答了！告诉他真情吧，他肯定会马上赶过来，不告诉吧，我又如何回答呢？后来在他的反复追问下，我支吾着说等见了面再说吧！看来，接到很突兀的电话，会让人的大脑思维瞬间空白的。我当时真的是一下子蒙圈，不知道如何回答了。其实，我大可不必告诉他我在医院，以免他担心的。

放下电话我才慢慢地醒悟过来，他其实并不知道我的病情，而是想来看看我。之所以询问我在哪里，是因看到我发到微信朋友圈里在美国抱着孙子的照片，怕我们在美国没有回来。由于他也没有肯定地说什么时候来，我也就没有过多地在意。

第二天我在医院里输完液后,想着去超市买点饺子回去下了吃就休息了。在超市刚买了饺子正准备回家时,接到了表弟的电话,询问我在哪个病房里。我忙问,你们在哪里?表弟说,我们已经到了医院,准备问清楚就去病房看你。

我一听,忙问清了他们在医院何处后,让他们等在那里。

见面后才得知,是两个表弟和媳妇四个人一车来的。当时已经到了吃饭的时间,所以我在前面引着路到了饭店。在车上我就想,他们肯定要问我得了什么病,我该如何回答呢?思忖了一下,既然他们来了,那肯定是无法遮掩病情了,还是实话实说吧!

吃饭的时候,我坦然地告知了我的病情,他们听了后真的有些大惊失色了。估计他们绝不会想到我会得了如此沉重的病,所以,吃饭的气氛也有些压抑。

吃好饭回到家里坐了下来,他们让我去休息休息,我自我感觉一点也不累,便说你们来一次不容易,说会儿话吧!

于是,我把如何发现以及目前进行什么样治疗的情况给他们通报了一下,并就我如何选择治疗方法的困惑和难以拿定主意之处说了一些。

面对我的疾病，我能感觉到他们的心情都不是很好。他们一方面鼓励我积极治疗，另一方面也站在各自的角度分析各种治疗的利与弊。

虽然我和几个表弟平时来往不多，但在通报了病情后，却深切地感受到了亲情的温暖。尽管他们的话语不多，但我却能感受到他们的关切，以及不知道该说什么的为难之处。

毕竟我经历了开始的惊恐和担忧，已经逐步地过渡到平静和坦然的状态，因此，我整体表现还是比较开朗和坦然的。但我能体会到他们多少有些认为我是强装欢颜故作笑的怕他们担忧。因此也随声附和着我说一些安慰的话语，以及就是否手术等问题交换着意见。

真的很奇怪的，虽然平素来往不多，可是在面对我罹患疾病后的态度上，那份融入血液的浓浓亲情十分浓厚。这亲情没有一丝儿虚情假意，也没有任何的敷衍，是那种真的内心里的关切和担心。这种感受真的是我过去所无法体会到的，而这次是真真切切地感受到了。

与他们在一起的时间过得真快啊！当下了些馄饨等简单地吃了晚饭后，他们开车返回市区了。我和木嫂上楼收拾屋子的时候，猛地看到桌上有个茶杯不是我们家的，便猜测是他们遗留的，忙打电话告诉他们，看是否回来拿。

本以为他们的车子已经上了陈海公路，要返回也要在下一个路口拐回来，说是六七公里，但拐过来还是会有一些时间的，没想到我的电话刚放下不多会儿，便听到楼下有停车子的声音。我忙拿着杯子到了楼下，看到他们后，心里还纳闷，他们不是已经走了好一会儿了，怎么我的电话一打他们就过来了呢？事后我才知道，他们开着车子走出小区后，因为心情都很压抑和担心，所以停在了路边平静心情呢！难怪我的电话打过去他们能即刻掉头回来呢！我能理解，他们因我的病情惊扰，都无法平静地返回，而需要在路边沉静一会才能开车回去。

不但是表弟们关心，我的弟弟妹妹听说我罹患了重病后，也是十分惦念和担心。妹妹是从国外回来后听到这个讯息的，她立刻让表弟与我们多次联系后，冒雨前来崇明探望我，并且在询问了病情后鼓励我一定要坚强地面对，以及努力地战胜疾病。为了宽慰我，她积极地为我探寻新的治疗方式，还电告在安徽的弟弟，约定日子要与他专程前来探视。

在她的安排下，春节后的年初十，妹妹与弟弟们、侄子们一起前来探视我了。虽然他们因为晚上有一些特殊的情况需要赶回市区，在崇明待的时间不是很长，可是当时那个浓浓真情荡漾的相处氛围，以及彼此间融洽交谈的情景，至今依然在眼前闪现。那种融于骨子里的浓浓的真情，真的让我好感动啊！

尤其是妹妹不停地鼓励我，一定要坚强和开朗地对待疾病，并且对我能够坦然面对疾病的态度给予了充分的肯定，这就在精神上给予了我很大的鞭策和激励。说心里话，处在我这样患重病的情况下，任何安慰的话语都显得单薄很多，唯有激励和鼓舞，以及鞭策的话语和行动，才是我战胜疾病的强大动力啊！

通过这次我患病的经历，我看到了家人们的真诚和关切，也体会和感受到了亲人们的温暖和祝福，更让过去隐于内心深处的困惑和误解得到了释怀。尽管多年来彼此间存在一些难解的误会，一时半会儿不一定烟消云散，但仔细地想想，人生总是会遇到很多问题，都有可能出现很多矛盾。不但在社会上与人交往会有矛盾存在，家人之间也会有诸多矛盾。出现矛盾并不可怕，可怕的是处理矛盾的过程中激化矛盾。如果大家彼此都能很好地宽容一些，也许彼此间的矛盾都会化解得烟消云散的。关键是如何释怀那些不愉快，而让彼此间的心贴得更近一些，尽可能地让彼此的感情，不会因一些微不足道的小罅隙而受到影响！

我想我再也不会为一些本无必要介意的事情而耿耿于怀了。因为，亲人们才是这世界上你最亲的人啊！任何时候，血浓于水都是不能改变的。

二十

儿子回来

春节眼看着就要到了。

2019年的春节于我而言,不单单是一个简单的春节,而是意义非凡的春节,或许这是我一生中过的最后一个春节了!虽然不能这样悲观地说,但是重病在身的我,谁又能保证再过上一个春节呢?

从2018年10月8日查出罹患胰腺癌起,我已经度过了三个多月的艰难时光。虽然只是个人患病,但作为家里的主要成员,一个人得病就是牵一发而动全身,我们家的特殊情况是只有老两口在国内,孩子都在国外,那一人得病就是50%的人得病了啊!那全家还能不发生翻天覆地的变化啊!

这三个多月的时间里,我经历过震惊和郁闷,以及可能死亡的恐惧后，渐渐地归于平静和坦然了。因为当人经历了绝望和无力改变的事，并且看清了事实存在后，思想会出现一些超脱和升华，心情也就会趋于平静了。毕竟，在你明白了想什么都于事无补的情况下，也就不会多想很多了。既然现实存在的事实，而且这个事实不是个人所能改变时，一般也不太会再感到困惑和郁闷了。尤其是明白了如何面对才是需要慎重考虑和认真对待后，人也变得更加淡定和坦然了。

我算是度过这个过渡期较短的人了，真的惊恐和震撼的日子前后也就一个多星期，即刻进入平静和坦然期了。毕竟我对生死这个问题已经看透了，既然命运如此安排，那么生死对于我而言都不重要了。唯一可以选择的也许就是如何过好在这个世界上生存的每一天，以及让自己有限的生命过得更有意义、更轻松、更愉悦和更洒脱一些。

所以，当病情渐渐地趋于稳定，肿瘤的情况没有更多发展，而且在经历过化疗、放疗（射波刀），癌症指标 CA-199 慢慢地下降后，我的生活秩序也渐渐地恢复到过去没有查出病时一样了。可以说，这段时间，我思考的不是病情，而是如何过好每一天，如何开心地过好每一天、每一刻了。

我除了正常地服用化疗药"替吉奥"外，还持续服用了一个多月的中药调理,虽然看不出什么明显的效果,可是指标的降低,以及肿瘤没有更多发展之下,应该说治疗还是有效的。毕竟肿瘤没有发展和指标下降,都预示着病情基本稳定了。这对于我而言真的是好事,而且是让人欣慰的好事啊!虽然这样的"好事"于我来说,有些尴尬和无奈的成分,但不管如何,不发展就是胜利。

我在前面已经说过了,木嫂和医生研究后,给我抽血检查血常规和 CA-199 指标,以及做增强 CT 检查鉴定射波刀治疗的效果时,从增强 CT 的片子去分析和比较,肿瘤明显地呈现出缩小的迹象,虽然没有做具体尺寸的比较,但是两张片子直观地排列对比下,还是能够看得出最近这张片子的肿瘤缩小了。更让人感到欣慰的是 CA-199 的指标已经从 80 多下降到了 30,这样的结果不但让医生感到惊讶,我个人更是有些喜出望外了!

可以说,在即将过春节的这个关口上,这样的检查结果,无疑让我们的心都放松了很多,心情放松了,自然也就能过个安心和愉悦的春节了。

正在此刻,接到了儿子的电话,告诉我们,他已经订了飞机票和预约了领事馆签证的事宜等,准备回来陪我过春节。

说心里话，接到儿子的电话，我是真的很高兴。毕竟我得了大病，亲人的陪伴是多么让人欣喜和温暖啊！而且儿子在国外生活，能横跨太平洋回来陪我过春节，真的是好温暖我的心啊！

这个消息让我有些欣喜若狂了，但转而冷静地一想，觉得儿子真的没必要回来。毕竟我十月份才去美国和孩子们团聚，他的工作那么忙，丢下媳妇和儿子专门回来陪我，春节期间儿媳只能和孙子在美国过了。

于是，我拨通了儿子的电话，对他想回来陪我表示了感谢之情，但也表达了不想他专门回来的意思。儿子说，我已经好多年没有陪你们过春节了，现在您身体不好，我如果再不回来陪您过，那作为儿子，我的心里会过意不去的。本来我们准备三口一起回来的，但因为你孙子是在美国出生的，他要回国，需要在领事馆办理探亲旅游签证，以前我们给他办过一个，但已经过期了，再重新申办和批下来也要春节后了。他还告诉我为了能一起回来，他们曾经想了很多办法，先是准备三口去墨西哥旅游，而后在墨西哥改签中国，可是反复思索后，觉得这样未必有百分之百的把握，到时候没回成国，还给拒签在墨西哥，那就什么都不好办了。所以，才决定他一个人回来陪陪我和他妈妈过春节。

听了孩子的话,我的眼泪当时就忍不住流了出来。我很理解孩子的心情。这次去美国,给儿子说了得病的真实情况后,他曾经问过我还有多少日子,我当时给儿子说的是快的话三个月,慢的话半年一年的说不准。估计这样的说法把孩子给吓住了。其实,我这样说也不是吓唬孩子,而是真的不知道病情的发展是个什么样子。

儿子真是很孝顺的,我们从美国回来的这段日子里,他几乎每天一个电话地询问我的情况。虽然大多电话都是打给他的妈妈,但也会时不时地打给我,除了询问我的身体状况外,都会陪我聊上一两个小时,尽捡开心的话儿说,还与我聊美国,聊社会,聊政治方面、生活方面的话题,总之,每次都很专注地和我聊,让我跨洋感受到儿子给予我的温暖和浓浓的亲情。

过去我总是感觉到儿子在智商方面是很不错的,情商方面稍微差点,也似乎不很懂人情份往的表达。但是从我得病后,感觉到儿子的情商其实也很不错,只是表达的方式不同而已。他知道我得病的期间,他的关心和惦念以及陪我聊天可以让我感受亲情的温暖、家庭的温暖,也有可能减轻病痛的折磨，所以，不管再忙他都会抽时间陪我聊天。除了宽慰我和让我开心外，表达的是儿子对父亲的那种温馨的情感。其实，我知道他这样无疑是为了让我高兴。而他却要在聊完天后忙乎家务和做那些在公司里没有完成的工作。这点不是我的猜测，而是我在美国的那个星期里亲眼所见。儿子每次都是陪我们说话到很晚后过去休息，起初我以为孩子也和我们一样休息了，后来几次我晚上起床小解，看到他们的卧室门缝里透出的光亮，听到敲击键盘的声响，才知道他还在忙工作呢！

我在美国曾经问过孩子，怎么公司的业务不在公司里完成，还要拿回家里做呢？他说，公司里的日常事务一般都在公司里完成，但一些要提前安排和准备的项目事宜，需要在安静的环境里很好地思考和筹划。"另一个，我是小组的负责人，组里的工作安排，都需要我未雨绸缪地做好提前的谋划和安排。每天晚上忙完家务后，我都要利用两三个小时，思索第二天的工作安排等，这样第二天去了，才能合理和妥善地安排组里其他人的工作，使小组的工作做到有条不紊。"

当时听了儿子的话后，我真的很心疼孩子啊！年纪轻轻的人都是瞌睡很多的，可他为了工作却废寝忘食。我很理解在美国的工作环境下压力很大,你不努力就很有可能被别人给挤掉了。他在不到一年半的时间里就从普通职员成为研究小组的负责人,而且级别也得到了提升,真的是很不容易啊!这种情况下,我怎么能让他放下工作来陪我过春节呢!

于是我又一次打电话给他,让他不要回来,以免影响工作。儿子对我说,放心吧!我回来也可以工作的,很多工作可以通过网络来做。美国和国内有时差,白天我可以陪您和妈妈,夜里可以忙工作。说着还和我打趣地说,你儿子那么有才,安排这些事还不是三个指头捏田螺,稳拿的啊!他的话一下子把我给逗乐了。我随口说,你个臭小子,有才也是你老爸我培养的。哈哈哈……我和儿子的关系,用木嫂的话就是兄弟俩,真的是没什么父亲和儿子间那样的辈分差,这样轻松地开玩笑是常态化的交往形式。

既然儿子要回来,那我们还是要准备一下的。其实家里的房子很多,在装修房子的时候,考虑到主卧有卫生间,老人居住方便些,所以主卧装修时给母亲购买了一套适合老人用的家具,准备把母亲从西安接过来养老。想着母亲一个人睡,床买的是一米五宽的小床。后来因为母亲突发心脏病去世了,准备好的主卧设施也没法使用了,所以,把给母亲准备的一套家具搬进了客卧，又购买了一套一米八的大床和相应的家具，把主卧作为儿子的房子准备了。

想着既然儿子回来过春节，那亲家母在山东也是一个人过，便准备节前邀请亲家母也过来和我们一起过春节。于是我和木嫂跑了好几家电器商场，给客卧里选择和安装了变频空调并配备了电视机、台灯等。

那几天里，可以说是万事俱备，单等儿子和亲家母来了。

但是，让我万万没有想到的是，儿子回来后在北京大使馆签证时，却遇到了被缓签和背景调查的麻烦。

二十一

等待签证

儿子原先考虑的是预约在上海领事馆办理签证，但是预约的时候，上海领事馆已经排到二月中旬以后了，而他准备在春节前回来后，初五、初六的样子就返回美国。后来，他在网上查到可以预约到北京大使馆办理签证，于是他改签了飞机票去北京。

他是1月26日从美国飞回来并在27日下午到的北京，预约的签证时间是28日。一大早，他从下榻的宾馆赶到美国大使馆，按照规定的时间排队进去后，把各种资料递给签证官，满以为按照他的情况会很快办理好，没想到资料递进去，签证官只是随意地翻了翻，从窗口递给他一张蓝色的纸条。他浏览了一下后才得知被缓签了，理由是要对他在美国的情况做背景调查。

这下子儿子傻眼了。此前他已经预订了大年初五返回美国的飞机票。可人家大使馆才不管你订没订好飞机票，也不听你任何解释，只是冷冰冰说"等通知"就把他打发了。

在留好了邮递的方式和地址后，他悻悻然地回到上海。

也许是签证办理不顺利，也许儿子这段时间太累了，我们在大巴站接他的时候，他的腰都直不起来了，走路也十分艰难。回家后，木嫂诊断他是过于劳累引发了腰肌劳损的关系，于是让他躺在那里休息，吃好饭后我们即催促他洗洗去睡觉。可他关注公司里的事，还要给他的领导通报一下缓签的情况，最后忙乎到两三点钟才睡下。

签证被缓签了，儿子的情绪自然受到了一些影响。看着儿子，我的心里真的挺不是滋味的。儿子是为了陪我，专程请假回国的，没想到却遭到了缓签。这缓签说是缓签，但究竟能不能签证还在两可之间！我的心也随着这件事而沉重了许多。但也心存侥幸地想着，儿子不会那么倒霉吧！拖延几天就拖延几天吧！他们在美国十几年了，没有违纪的记录，而且还是名校毕业又在大企业工作的人，大使馆不会无缘无故地不给签证吧！

然而，事情并不是我们想象的那样。一个星期过去了，两个星期过去了，签证还是没有消息。

儿子也以为既然过了两个星期，也不会再拖多久了，所以，他没有办理退票手续而是改签机票。起先是改签推后了十天，后来看还是没有消息又改签推后了一个星期。

谁也没有想到，这一拖就是五个星期，此间儿子改签了四次飞机票。改签的费用那可都是真金白银的美元啊！算下来，预订机票时间短本身就没有多少折扣，再加上改签的费用，他这次回来的机票可是花了大价钱了。按照正常的往返也就八九千元，结果整个机票和改签费算下来相当于人民币毛两万元了。

对于机票的价钱问题，儿子总是讳莫如深的说不多，假装轻松地说没几个钱。但我能想象得到那绝对不是没几个钱的问题，而是他怕我们担心，不说而已。

所以，儿子回来的这段时间，我是在很矛盾的心理状态下度过的。既高兴又担心，高兴的是儿子缓签的时间越长，他陪我们的时间越长，这无疑是我期盼的。担心的是儿子会不会因为回来陪我，而失去返回美国的资格。那样的话，儿媳和孙子在美国如何办啊！

为了能让儿子安心地等待，别为签证的事情烦恼，我和木嫂尽可能地在伙食上改善和变着花样给他做着吃。他喜欢吃清炖蹄髈，我就买了新鲜的蹄髈给他清炖着吃，又做了红烧走油蹄髈，以及用咸蹄髈和新鲜猪肉一起炖汤的腌笃鲜冬笋汤。还用乡下亲戚送来的家养鸡炖汤和做烧鸡给他吃。至于他喜欢吃的锅贴、饺子、韭菜盒子、葱油饼、馅饼等，我们是三天两头地换着做。总之，想着法的给他变换花样吃。看着儿子大快朵颐的吃得很开心，我的心里别提多高兴了。儿子吃得开心也高兴，或多或少地减缓了他对拿不到签证的焦虑。

我过去蒸的包子总是瘪皮，每次都像没发起来的样子，这主要是我习惯于用发面酵头发面，还不能掌握用发酵粉发面的诀窍。我和儿子在视频时，看到他蒸的包子很漂亮，于是我和儿子交流他如何用发酵粉蒸包子的诀窍。儿子耐心地把他在美国蒸包子的经验手把手地传授给我，还亲自示范着给我们蒸了一笼白菜肉包子。别说，儿子蒸的包子确实比我蒸得好，一个个白白胖胖的，看着就让人流口水。在他的指导下，我蒸的包子也有了较大的改观。

这个春节，是儿子自2005年北大毕业获全奖去美国读博后第一个在家过的春节了。他已经有13年没有在家里过春节了。2019年这个春节，原本对于我和木嫂，是最难熬的节日了，但因了儿子的归来，使得这个春节过成我们这些年来最开心的一个春节了。

儿子白天陪着我说话、聊天，介绍着他去国外十几年的情况，以及所遇到的艰辛和困难，还有取得成绩的喜悦等。我们还畅所欲言地交谈着社会、政治、军事、国内国外的动态等，彼此表达着各自的观点。虽然也有看法上的差异以及认识上的矛盾冲突，但是，这些交流都是在十分和谐与融洽的气氛下进行的，因此，倒弥补了儿子在国外我们在国内，我们彼此交流不便的尴尬！可以说，我更进一步地了解了孩子，也知道孩子在美国的不易，以及他所付出的艰辛和努力。同时也感觉到儿子并不是埋头干活的人，他对社会、政治、军事、国际国内的形势等，是十分关心且有着自己的看法和观点，也有着对整个社会的认识和人与人之间交往方面的探索经验和教训等。这让我真的对儿子刮目相看了。过去那个在我眼里总是长不大的儿子，如今已经很成熟了。不但有自己的思想，还有个人的见解以及对人生的理解等方面的知识积累和生活积累。

与儿子相处的日子前后虽然仅仅有一个半月，但这一个半月的时间里，我们一下子找回了十几年前他没有外出求学和我们一起生活的感觉了。那种久违了的亲热和感情融洽，极大地释怀了我患病后曾经弥漫在心头的那种郁闷和不快。更从亲情的角度，让我感受到儿子带来的欢乐与愉悦。虽然儿子已经36岁了，可在我们的眼里，他依然是个孩子般的模样。尽管他的嘴角也有了胡须，模样也是成年人的神态，可是说起话来与我们逗乐起来，依然一副充满稚嫩与活泼可爱的样子，让人看着就从心底开心啊！

也许是老了，也许是疾病的现实存在，每每看到儿子笑眯眯的样子，我的内心深处最柔软的地方顿时暖融融的。做父母的没有比看着孩子的样子更开心的了。我沉浸在父子欢悦的浓浓深情之中，感觉疾病也减轻了很多很多。

患病之后，除了去美国看了儿子儿媳和孙子后，我的心底一直还有一个愿望，那就是去老家祭扫一下父母。过去我都是每年的清明期间去老家祭扫，可是遇到了眼前身体患病的现实，能否继续多年的习惯如期去老家祭扫，对我而言真的充满了未知数。

儿子确实很孝顺。他和木嫂商量着如何满足我未了的愿望时，听到木嫂提及我想回老家去祭奠爷爷奶奶后，他当即表示要陪我去老家！本来我还没有敢提出这个要求，但儿子想到了并且决定和我一起回去，那真是我求之不得的啊！

于是，我们决定自己开车去徐州的老家。虽然来回1500多公里，但整个出行的安排方面，儿子毕竟年轻脑子好，有他一路上给我们导航和寻找安排最佳的住宿地，以及中途歇息时顺便浏览景点的安排等，一切都是有条不紊、一丝不乱。

3月2日下午，我们开车朝徐州老家出发了。路上我和木嫂换着开车（儿子是美国驾照不能在国内使用），用了不到四个小时就赶到了第一个落脚点南京。第二天一大早，儿子对我说，你想看看南京什么地方，咱们可以利用上午去看看。我说我想看看明孝陵。儿子当即在手机上查找和定位明孝陵。

在明孝陵游览的时候，他先是给我买了根拐棍让我拄着走起来省力，还在爬山和拾级而上之时，搀扶着我爬上了明孝陵的最高处。尽管我不服老，可是在那还是有些坡度的明孝陵攀爬过程中，我还是气喘吁吁地出了浑身的汗。如果不是儿子的一路搀扶，我真的没有勇气攀爬上去啊！

那一路上，儿子搀扶的感觉真的很爽啊！这不是一般的搀扶，是父子之间情深如海的搀扶啊！

到老家的时候，儿子承担了烧纸的活儿。他跪在爷爷奶奶的墓碑前，一张张地烧着纸钱，那份虔诚和肃穆的表情，让我感受到儿子对爷爷奶奶祭奠的真情所在。

带着儿子去爷爷奶奶的墓地祭扫，在我内心深处是期待已久的。父亲当年病重之际的愿望就是能看到孙子和抱抱孙子，可是当时我和弟弟都没有结婚。要是父亲能够坚持一两年，他就能看到两个孙子了。如今，孙子的事业有成，来爷爷奶奶的墓地前祭奠，也算是了却了老人的心愿。如果父亲在天之灵能够知道孙子如此优秀和出色的话，他一定会欣慰无比。说实话，若不是我患重病，儿子专程回来陪我过春节的话，他还真的不一定能有如此机会陪着我去祭奠父母的。这次他能陪我来祭奠老人，真的是让我的心里无比熨帖和高兴啊！毕竟，我明年还能否如期地去老家祭奠父母，是个谁都说不清楚的事啊！

不知是祭奠了爷爷奶奶后，他们老人家托福于我们，还是上苍的帮助，当我们从老家返回的第五天，儿子便查到了使馆通过签证的信息。计算好签证发往上海的时间，儿子专程去市区领回了办理好签证的护照。儿子为此欣喜若狂，我们也是开心得不得了。当然了，开心的同时也多少有些失落，毕竟，拿到签证的儿子，又要飞回美国了。

唉……做父母的都是有这种矛盾的心理啊！既希望孩子能够飞得更高飞得更远，又担心和心疼孩子飞得很累很辛苦。

二十二

世事难料

过了正月十五,这个春节就算是过去了。时间也就到了二月底三月初了。

前一段时间的密集型治疗后,尤其是春节前的情况好转后,我主要是服用化疗药"替吉奥"以控制病情。因为自从服用了"替吉奥"后,病情似乎有所稳定和朝着好的方向转化,起码过去的疼痛感和皮肤瘙痒感等症状,都有了十分明显的改观,所以,我一直在坚持吃"替吉奥"。在服用该药的同时,也结合着中医的治疗服用中药调理。

随着时间的推移,如何继续深入地治疗对于我而言,也是必须考虑的问题。而且治疗是要继续抓紧和不间断地调整的。于是乎,如何开始新的治疗,医生和木嫂共同商议了很久。

为了对前段时间的恢复情况做一些了解,我又进行了一次各类指标血液检查。检查结果出来后,CA-199 的指标不知为何有所增高,达到了 49,这比春节前查的指标 30 上升了 19。对此,医生在研究和分析后,觉得这样小幅度的波动应该不是病情的恶化,而是属于正常的范畴之内。但是,对于这个问题重视起来也是必须的。此间医生提出是否再增加一下"替吉奥"的药量服用一个疗程(一个疗程是服用两个星期休息一个星期再服用两个星期)看看。于是,我就按照医生的安排增加了一粒"替吉奥",按照这样的剂量服用。

如此一来,时间也就到了三月十几日了。这段时间里,整体的感觉并没有多少变化,只是感觉到人很疲乏,总是觉得浑身无力,稍微干点家务活儿,便大汗淋漓的。睡觉也似乎是睡不醒一般。除了每晚九点左右上床一直睡到天亮外,每天中午我都要睡一个多小时的午觉。尽管如此,还是觉得人很疲乏。看来化疗对人体的损害真的是相当明显的啊!

按道理,体质弱了多吃些富有营养性的食物补充是可以稍微弥补和改善的,但是由于胰腺的问题,血糖的控制都是以注射胰岛素为主调节。因此我就不敢多吃,毕竟稍微多吃一些主食，血糖立马就增高了。因此，我每次的主食进食量也就一两不到，而且考虑到胰腺的疾病不能多吃油腻的东西，所以，我吃的菜肴都是以素菜为主，基本不吃肉蛋鱼等荤菜。如此一来，那身体的营养怎么能跟得上啊！自从查出来患病后，体重160多斤的我，如今已经瘦到了120斤。不但是脸庞消瘦，身上更是瘦得可怜。我有时看着瘪下去只剩两层皮的肚皮，心说，过去肚腩大无法控制，如今不用任何措施，肚腩就消除得一点痕迹都没有了。

　　一个疗程过去了，该化验血常规和各种血指标了，这是每一个疗程开始的必须程序。根据血象的各种指标，决定是否继续服用化疗药。3月18日这天，我抽了好几管子的血去化验了。别的指标变化倒不是很大，没想到的是最关键的指标CA-199一下子增长到了123。这个指标一出来，让医生和我们都很吃惊，短短的三个多星期，指标就从49一下子上升到了123。

　　面对着这个指标，医生们一下子不知道该从哪个方向去分析原因了。因为整个治疗都是和以前一样，只是增加了用药量而已。鉴于服用"替吉奥"本身有效果，增加一些用药量应该只会对治疗有效果，怎么会出现指标不跌反增的情况呢？

于是科里的医生们反复研究了后，分析是不是有转移的情况，不然指标为何突然上升呢？这种情况下，主任建议我还是再做个 PET/CT，通过全身 CT 扫描后，以确诊身体是否存在转移病灶的情况。

于是，我们又来到了新华医院做了一次 PET/CT 的全身扫描。这次的检查结果出来后，全身并没有出现转移灶的情况，而且肿瘤也并没有明显的增大。在对比了前段时间的增强 CT 片后，曾经出现过的缩小又基本恢复到了第一次检查的程度，也就是说曾经缩小了的肿瘤又长大了，只是没有超过开始检查的程度而已。

既然没有出现转移，那问题的关键和根源还是在胰腺上。于是，医生们和我们协商，是不是再继续进行化疗！毕竟肿瘤标志物指标增长，说明肿瘤内部癌细胞活动频繁，而且照此下去，如果不加以控制，势必会更加活跃，导致肿瘤增大或者引发其他的问题。

这种情况下，我和木嫂协商了一下，既然前两次化疗多少有些效果，那就再承受一次化疗的折磨吧！做之前我和木嫂说了，如果这次化疗做下来没有更多的变化，我再也不做化疗，包括其他更多的过度治疗了。从我个人的体质情况来看，如果继续化疗，身体肯定是挺不住的。身体都挺不住了，还如何去战胜病魔啊！

在做好各种化疗前的检查等准备工作后，我住进医院里准备化疗了。为了保证化疗的药物不对血管带来损伤，我去了放疗治疗室，在那里的微型CT机下安装PC管。去了那里后，正好碰到肿瘤科的Z主任在和其他医生一起给一个病人做介入治疗。看到我来了后，主任问清我是准备安装PC管做静脉化疗后，说了一句，其实你也可以做一下介入试试看的。因为介入是通过动脉血管进行药物直接注入，而静脉是通过静脉滴注，相对而言通过动脉直接注入肿瘤部位的效果应该会好点。

听了主任的话，我和木嫂觉得挺有道理，而且这种介入没有做过。此前听说一些肝癌病人介入的效果很好，既然那种病介入有效果，兴许我也会有效果啊！这样，原先定的埋入PC管子做静脉滴注的化疗，改作了动脉介入的疗法。这种疗法是在大腿部位的动脉血管处插入一个管子，直接将管子深入到肿瘤附近的动脉里，然后把化疗的药物通过管子释放出来，这样的好处是药物在肿瘤附近释放，可以近距离地直接作用于肿瘤,应该相比静脉的全血管滴注更敏感和有效果一些。

于是,第二天,也就是3月22日上午,我进入放疗治疗室做了介入治疗。在整个治疗过程中,两位主任和一位专门做介入的主治医生,精心地给我操作着,应该说整个治疗过程很完美。只是在插入管子的过程中,未能完全地到达肿瘤部位,那里的动脉血管似乎堵塞了。事后医生们分析,可能是射波刀的治疗改变了动脉血管的状况,导致部分堵塞。虽然不影响血液的流通,但是却阻止了管子直接深入到最接近肿瘤的位置。

这次治疗后,我感觉身体又虚弱了很多,以至于我在吊盐水的过程中,始终处于睡眠的状态。本来我是准备白天在医院里输液,晚上回家休息的。但是鉴于上次的教训,我不敢回家了,而是老老实实地在医院里待了三整天。直到感觉到身体有一定的恢复,体力也增强了很多后,才改作白天去医院里输液,晚上回家休息的方式住院。

在吊了一个多星期的保肝护胃的药后,医生为了及时地掌握动脉介入治疗的效果,又给我做了一次血检,重点是查验CA-199指标。然而,让我们都没有想到的是,该指标一下子上升到了 198。

这绝对不是个好的结果啊!照这个速度上升下去,那发展前景真的是让人很担忧的啊!

于是,如何开展下一步的治疗,成了我们和医生必须抉择的问题了。

我们该如何抉择呢?

二十三

富阳求医

正在我和木嫂思索着如何治疗的时候，同病房的一位病友告诉我他准备去杭州附近的富阳去看中医，源于他身边的一个朋友五年前因为肝癌开刀，打开肚腹时发现广泛转移无法手术而又缝合了起来，并且告知家属，给病人准备后事。当时他们抱着一丝儿希望去了富阳的这家医院服用他们开的中药，至今已经五年了。虽然还在继续吃中药，但是症状已经明显的改观和好转了。

听了他的话，我是半信半疑，但他说得言之凿凿，并且准备去富阳求医的情况是属实的。于是，我告诉他你先去看看，吃吃中药，如果有效果的话我也去看看。

此事当时虽然想着去看，但是鉴于病情的发展情况，我还没有最后下决心去求医。如此又过了几天，木嫂去医院里送检血液，没想到 CA-199 的指标，已经上升到 530 了。这种指标在短时间内连续上升的情况，说明我的癌细胞十分活跃，且有连续上升的趋势。医生当时对我的情况也有点束手无措了，因为此前我们也和她说了富阳的中药治疗这种疾病有一些效果，她说，要不然你们去看看中医尝试一下吧！

木嫂听了这个情况后，觉得也只有死马当活马医的去尝试一下吧！于是她一方面打电话给富阳的医生，预约看病的时间，一方面打电话让我准备出行的物品。她从医院回来后，告诉我医生已经约好了，他要求我们第二天八点前到医院，如果去晚了，他可能有别的事情不能给我们看了。于是，我们决定立即出发驱车前往浙江杭州的富阳。

中午十一点多的时候，我们也没顾上吃饭，带了点面包之类的就开车上路了。一路上我们俩换着开车，除了在服务区里解手和换位开车，几乎没有停留地连续开车，在下午四点左右到了杭州的富阳，并且找到了这家医院。

医院的人很热情，听说我们是来求医的，并且约好了第二天看病，他们说你们把车子停在医院里，到外面先安排住下来，明天早上来看病吧！这样，我们把车子停在了医院里就出来寻找住处。

那里的住宿情况不错，医院附近有好几个住宿的地方，我们去了一家宾馆，一打听一个标房才108元，起初以为这么便宜的住宿，里面的住宿条件一定很简陋。没想到去房间看了看，感觉还是不错的。到底是小地方啊，那里的住宿条件要是放在上海，起码要三四百元一晚。于是，我们放下行李休息了一会儿，到外面找了个饭馆吃了点饭后回来就洗澡躺了下来。

一夜无话，第二天一大早我们就起来了，收拾好东西退了房在外面吃了点早餐后就去了医院。住宿的地方离开医院很近，三五分钟就到了。到了那里才七点多的样子。我们是第一个就诊的人。木嫂站在挂号处等候，我坐在椅子上休息和等待着。

此时，陆陆续续地来了七八个病人，经过询问后发现他们大多是第一次来求诊，而且都是听别人介绍或者是身边有来看过中医的人宣传的。不过其中有一个是吃了三个月中药的来继续开药。我们都询问效果如何。对方说效果不是很明显，但是病人疼痛的情况有所好转。我们又询问了吃药有什么要求，那个病人家属说，医生不让吃荤菜，用医生的话说，就是天上飞的，地上跑的，水里游的都不能吃，包括各种蛋类也不能吃。而且对于蔬菜的要求也挺高的，很多蔬菜都不能吃。也就是说服用中药后就要全素食，而且是有选择的素食。

听了她的介绍后，我心里有些嘀咕了。这经历过化疗和各种治疗后，身体素质变化很大，而且虚弱了很多，如果不补充营养怎么能行呢！但看到那个人说得很肯定，想着，不让吃就不吃吧！吃素也不是不可以的，只要能治好病，不吃肉就不吃了。

八点刚到，就看到医生来了。此前我们已经排好队挂好了号。因为我们是第一个来的，也就第一个看病了。这位医生五十多岁，话语不多，看了我的一些CT片等，又询问得知我们是崇明去的，他说你们崇明来这里看的人很多的。我当时差点脱口而出，那些看病的人有没有效果。但想着如此问话有怀疑和不信任的嫌疑，便强忍着没有问。

他看了片子后，对我们说，你这个病可以吃我们的药，应该会有效果的，你们可以试试看。在征得我们同意后，他就在电脑上开方子了。其实，方子都是现成的，他只是从电脑里调出来看看就打印了。给我们方子的时候，他随手拿起一本小册子对我说，你们看看这个小册子，里面有服用药的方法和禁忌等。木嫂询问，吃了这里的中药，是不是其他的治疗都停止呢？比如说我们现在还在吃化疗的药。

他听了后说，你问我的话，我的意见就是不要化疗，但是你一定要化疗的话，你们自己决定。听了他的话，我们不敢多说什么了。既然来他这里看病，那还是尊重他的意见为好。

于是我们出来到了缴费室缴纳了中药费。整个一个月的药是2800多元，倒不是很贵。其实，贵与不贵对我们都不是问题了，问题是吃了药是否有效果。

时间倒也宽裕，看好病拿好药才九点多。此前因为我咨询去富阳如何走，联系了在诸暨的博友小朋友（说起来小朋友也不小了，也是四十岁出头的人了，我和她认识十六七年了却没有见过面），她听说我到富阳看病，力邀我们去诸暨玩玩，因为富阳到诸暨只有几十公里。看看时间，如果立即去诸暨，正赶上饭点，让人家麻烦很不好意思。于是决定中饭后再去。我们翻看了下手机，查找了一下富阳的风景区，看到十几公里外有个古村落的景点，于是我们开车去了景点转了转，随后又去了富阳另一个景点转了转。

十二点多我们吃好饭后,才朝着诸暨开去。一路十分顺利,只是在盘山公路上行驶时有点紧张。毕竟此前都是在平路上开车,这种盘山上山又下山的路还是第一次开。好在盘山公路不多,且艰难程度也不是很大,车子很快就进入了诸暨的地盘。

到了诸暨与小朋友见了面真的让我十分意外,她的样子看起来也就三十岁出头,没想到保养得那么好!以至于木嫂反复问我,你们真的认识十几年啊!在得到我的肯定答复后,木嫂说她保养得真好。

小朋友带我们去了宾馆安排了住宿后让我们休息一下,她去把手头的事情处理一下就陪我们去诸暨一个叫五泄的景点转转。

木嫂有点不舒服,不想出去玩了,我就让她在宾馆里休息,我和小朋友一起去了五泄。没想到很不凑巧,那天下午的风挺大,五泄景点出于安全的考虑闭园了。我本来还挺奇怪,风大点怎么就闭园呢?听了她的解释后才知道,那里的景区主要是乘船巡游,风大了自然安全系数不高,如今都怕出事故,所以遗憾归遗憾,也算是去过五泄景区了。

此番和博友见面让我感慨很深。尽管我们的年龄相差二十岁,但也算是神交已久。平时无论是在博园里交流,还是微信交谈,都很十分和谐与亲密。属于真正的忘年交了。她很多不愿意和别人说的话都会和我交谈,遇到一些问题不得解时,她第一个想到的就是我。这让我感到了她的信任,也让我深切地体会到,你只要真诚对待别人,别人也会以真诚回报你。

第二天一大早,我们就驱车返回上海了。

当晚我们就开始煎药服用了。让我想不到的是这个药的反应很大,当晚就出现了大便增多的现象,一晚上拉了三四次,但也不是稀的,估计是这个药在体内有促进排泄的作用吧!本来挺担心的,怕这个药我的身体不适应,后来看了医生给的小册子才知道,这种属于正常的情况。于是,我继续服用富阳开来的中药了。

可是,这种药真的有效果吗?

二十四

指标升高

在服用了十天富阳中药后,真的感到这个中药似乎不是很适合我。一个是刮油太厉害,每天四五次的排便,几乎把我的脂肪都搞掉了不说,而且不让补充营养的全素食进餐,也让原本因连续化疗放疗和射波刀、介入等治疗后日益虚弱的身体更加虚弱了。

此时,没想到的是 CA-199 的胰腺癌标志物指标,不但没有任何降低,反而呈现出直线上升的状态,而且最后一次检查已经升到了 900 多。这样异常的变化,不但我们着急,医生也是十分着急。从医生的角度而言,除了上大剂量的化疗去压制癌细胞的波动,几乎没有任何可以遏制的手段,而我的身体状况已经难以适应大剂量化疗的冲击了。

从这角度而言，可以说西医已经无计可施了。面对我的疾病发展，尤其是出现了胰腺部位和背部的疼痛感加剧时，医生开了一些止疼的药片和一些保肝、保胃以及提升血色素指标的盐水补充外，针对胰腺也没别的什么治疗了。

面对这样的情况，真的是让人感到有些悲哀啊！当然了，医生也想过使用胃癌、肺癌、肝癌等疾病的靶向药，进行尝试性的治疗，但因为靶向药也是化疗药，刺激性依然很大，在我的血色素等各种指标都处于较低状态下，显然服用靶向药未必合适。更何况靠靶向药的广谱作用，而不是针对性的作用去使用，效果也不会很好的。

此时，科里的L医生推荐我们去华东医院做一下超声刀的治疗。这种超声刀属于局部加热以起到抑制癌细胞裂变速度的作用，虽然不一定能够完全抑制，但一些病人做过后确实出现了缓解的效果。在征得我们的同意后，L医生帮我们联系了华东医院超声刀聚焦治疗科的Z主任，并且约定了第二天去华东医院住院治疗。

说实话，对这样的治疗究竟有什么效果我真的是持怀疑的态度，可是处在我们这样的情况下，也只有死马当活马医地去尝试一下了。

去华东医院住院治疗的一个多星期里，我发现我的小便颜色很黄很黄，而且小便也感到十分吃力。所以每天半个小时的治疗后，我基本都是躺在病床上休息，倒也不觉得有什么不舒服。何况，自从吃了富阳医院的中药后，我的大便和小便都很黄，想着是吃的中药里有一些黄色植物的成分而导致的吧！而且这几天在上海住院也停止服用了，因此也就没过多的在意。

一个星期的治疗结束了，我回到了崇明。单从感觉上来看，似乎效果也不是很明显，而且做过治疗后腰背酸痛，局部也有灼疼。医生让我一个月后去复查和评估效果，再决定是否继续治疗。

上午回家后，我在上厕所的时候，突然发现大便颜色成为灰土色了，灰白灰白的，没有一丝儿正常的黄颜色，而且小便的颜色也越来越黄。我对木嫂说了这个情况，木嫂听了后十分吃惊，看了后自言自语地说：难道胆囊管堵塞引发浑身黄疸了吗？她连忙翻开我的眼皮查看。真是不看不知道，一看吓一跳啊！我的双眼的眼白已经成了黄色了，再看看我的皮肤，也是黄灿灿的。她没想到我的黄疸出来的这么快，才发现就已经出现浑身黄疸了。于是，从华东医院出院回来的下午，我们就不敢耽误地赶紧去了医院。医生检查后分析和确诊，我的问题是胆总管阻塞引起胆汁无法排入十二指肠后进入了血液，因而造成全身大面积的黄疸。

起初，医生分析是体内的胆管出现局部水肿后阻塞了胆总管，但在B超的检查下，以及肝功能指标检查后，发现问题并不是出在胆总管，而是出现在肝脏的胆管里。于是，他们开出了消炎和保肝液体给我赶紧吊了起来，又会诊如何解决胆管阻塞的问题。

通常的治疗方式有两种，一个是在胆管里插入导管将胆汁引出体外，也就是在体外挂一个吊带，引胆汁于体外。这样的治疗效果比较快，因为是直接引出了体外，可以快速地排除积存在体内的胆汁，减缓和消除黄疸的发展。但是，生活质量上也就十分不好了，身体上吊着一个引流袋，走到哪里都要想法如何保护它不外漏。第二个方法就是在体内设置支架，以疏通胆管，让胆汁能顺利地进入肠子，避免因胆汁的淤积和排流不畅进入血管后，引发全身的黄疸。这种方法是内引流的方式，基本上不影响生活质量，因此，在病情可以的情况下，选择这种方式是最佳的。于是，我们到了B超室里检查是否有可能安装内引流管子。

检查出来的结果很不理想，胆管的扩张程度不够，达不到安装内引流需要的胆管粗细要求。按照基本要求，胆管要扩张到7至8毫米，这样引流管才能进入胆管安置支架，而我的只有不到3厘米。在分别看了好几根胆管后，结论是无法安装内引流和外引流，需要继续扩张下去直到可以安装为止。

医生可以这样说，但我不能啊，身上黄得不得了，浑身奇痒难受，且每况愈下的很难受很痛。于是我的外甥女帮我联系到市区中山医院的教授给我会诊，时间就安排在第二天下午。

这次检查对于我的病有帮助吗？能够解决问题吗？

二十五

胆管堵塞

为了第二天及时去上海的医院看病，我听说战友后天要从崇明去上海，就试探性地打了个电话询问，能否提前一天回上海，战友听了我说的情况，毫不犹豫地答应调整时间，以便送我们去上海医院。这样，第二天中午我们做了一些住院的准备，启程去上海中山医院。

在车上，战友问我们准备去上海做什么检查或治疗，我指了指身上的黄疸说，打算去中山医院放一个 ERCP 支架。他说："就是放支架吗？那住院联系好了吗？"我回答，是托外甥女找的专家，要先去看了才知道能否住院，况且也不一定有床位。战友说："如果没有联系好的话，东方肝胆医院我的老单位，有熟人。"我马上答应战友，他即刻帮我们联系医生，约好下午两点去看。到了下午我们找到医生，医生看后说可以放支架，马上安排住院。医院的住院条件不错，两人的房间，比较宽敞，心算是定下来了。

第二天上午安排通过内镜放置ERCP支架。他们本想通过胃镜进入肝内胆管放置支架的，但由于十二指肠水肿糜烂，管子进不了预想的位置，还有可能引起更加严重的出血、堵塞，他们用了很多办法，教授亲自动手，吹气、打水，依然无法到达理想的位置。经过商量，他们认为，如果坚持安装，仍不可能达到理想的效果，反而会出现更严重的后果，找家属谈话放弃ERCP改为PTCD引流。由于目睹和耳闻整个操作的全过程，虽然我对放置外引流心中抵触，但此时只能接受。于是我们来到B超室，病房医生经过一系列准备和消毒等，教授在B超医师的指引下顺利地放置了引流管，导出了黄色的胆汁。尽管这不是理想的解决办法，但能把胆汁引流出来，解决当前的问题，实属无奈中的唯一办法了。

主观上感觉插管部位时时隐痛，但因为胆汁被顺利引出，感觉上好了一些，起码腹胀和瘙痒有了好转。过了两天，我们准备出院，然而天有不测风云，意料之外的事情又发生了。木嫂无意中发现引流管内有血，报告医生后，医生不以为然，认为一点点血没有什么问题，但出于慎重还是让用透视机检查一下，结果发现胆内的引流管返折并脱出一段，而且因为脱出划伤了胆管。医生多次尝试将引流管送入，发现造影剂流入腹腔，只能将引流管拔除，告知两天后再次插管。这一结果着实使我们原本稍微安定的心又悬了起来，但一切的一切都无用，只能耐心等待，等待那肝内胆管再次扩张起来。两天的时间对于我是何等的漫长，终于被通知去B超室手术，B超室医师一探，肝内胆管2毫米，毫无插管可能。尽管心里焦急无望，我仍期待着四天后一切顺利。出于医生的职业心，第二天医生通知我们再次做B超，这一探不要紧，不但胆管没有扩张（只有1.8毫米），还发现了腹腔内有腹水，他们认为这是胆汁流入了，他们奇怪，为什么胆汁在肚子里病人不疼呢，这样看来，不解决的话要发生腹腔感染及肠麻痹等一系列问题，而且有可能危及生命。教授非常着急，说今天必须解决。B超医生提醒内镜科医生，说能否请介入科L主任来看一下，于是内镜科主任立刻打电话给介入科L主任。L主任一看情况马上来到B超室，几个人看了又看，商量许久，决定在几个不同位置下针。终于在B超医师的指引和调整下放置了肝内胆管引流管，同时在腹腔也置入引流，这样所有人悬着的心总算放下了。只见L主任满头大汗，说豆大汗珠一点不为过，摘下手套两手都是汗水，其艰难程度可想而知。想不到的是腹腔管一下流出了1500毫升胆水，亲家母说怪不得疼呢（亲家母在我们去上海的当天就到了上海，在上海的十几天中多亏了亲家母又花钱又贴力，还休息不好），和医生说他们总是认为正常的。就这样胆汁的问题算是解决了。这次是非常感谢L主任，因为1.8毫米的胆管，一般的医生是没有办法下管的，如果没有L主任的敬业精神，为病人高度负责的责任心和高超精湛的技术，谁都不敢将管子插入比针尖还细的胆管，否则大量胆汁留在体内，那后果真是不堪设想。而且内镜科主任说，这么细的胆管我是不敢下也没那本事，这样看，我也算是幸运的。

就这样引流了两天，我们出院返回崇明。因为胆红素高，与崇明医院的医生联系继续保肝护胃的治疗，我不想马上又去住院，况且住院吃住总不比家里舒服，就让木嫂每天从医院取了盐水回家治疗。经过约一个星期的治疗，病情非但没有好转，反而胃口越来越差，疼痛加重，精神面貌越来越萎靡。木嫂心里着急，我想起12月8日的险情，心有余悸地同意住进医院，开始了新一段的治疗。经过化验发现白蛋白低，全血偏低，钾、钠、钙偏低，C反应蛋白高，调整了药物的种类，主任经过商议，在控制使用的前提下给我加输了三天白蛋白，鉴于胃口一直不好，加上呕吐及引流的流失，决定由原来的氨基酸改成输注中长链脂肪乳滴。与此同时，主任及床位医生多次建议插入鼻饲管，将鼻饲管直接插入十二指肠，高能营养液直接由鼻饲管注入肠腔，增加营养供给。我一直很犹豫，我在想，这样靠药物和营养液维持生命有意义吗？而且在目前的医疗水平下能维持我的生命吗？在此无望的情况下，单靠药物维持微弱的生命太没有意思，况且身上插满了管子，毫无尊严地活着原不是我希望看到的。我以想一想为托词，一拖再拖，医生虽然尊重我的意愿，然而一直和木嫂说要做做工作，要不然损耗太大，并且一再和我说你身体一旦营养好了，还可以做下一步的治疗。我沉默不语。

然越来越频繁的呕吐导致体力精力的支撑越发低下，加之主任护士长以及家人朋友的不断劝解，我的意志力有了动摇。木嫂及时告知主任，我被轮椅推入介入中心，医生要将一根一米多长的软管在导丝的引导下由鼻腔插入十二指肠。看着那么长的一根管子，我实在有些害怕，主任和其他医务人员不断说不要紧，在这样的情况下，我怎么也不好意思退缩，只得硬着头皮上，况且也希望插上后对我的体力营养有所帮助。随着管子插入，我强忍着胃内不断的翻搅，肿瘤科三位主任都在现场帮忙、鼓气和医师们密切配合下终于插上了。回病房后护士立刻给予营养液滴入，看着一滴滴注入我的管内，期待我的身体会好起来，然而意外又发生了。两小时后我觉得胃内有蛋白质粉的味道，就和木嫂说，怎么胃内泛出蛋白质粉的味道啊。木嫂说不可能啊，这是直接进入小肠的呀。突然一阵呕吐感上来，我立刻坐了起来，过一会儿就开始呕吐，吐出大量的营养液，紧接着我感觉嘴里有管子，立刻叫来医生说，管子全部出来了，拔掉吧。我惊愕，我怎么这么倒霉呀。

经过一夜的休息，第二天，我的体力精力都较之前一天有了很大的提高，这对于我来说多少是个激励。我想，虽然头天吐了不少，但是这输入的二百多毫升中有一部分可能吸收了，所以精神状态会好的，因此对第二天的插管还是有些期待的。我又一次被推入介入中心，但是第二次插入较之前一次困难些，感觉导管难以下咽，鼻腔和胃肠反应很大，经过几次调整，管子终于插到所需位置，吸取上次教训，为安全起见插得更深了一些，期待别再出什么幺蛾子了。

图书在版编目(CIP)数据

不是为了告别/沙松著.—上海：文汇出版社，
2019.11
　　ISBN 978-7-5496-3026-4

　　Ⅰ.①不… Ⅱ.①沙… Ⅲ.①纪实文学－中国－当代
Ⅳ.① I25

中国版本图书馆 CIP 数据核字 (2019) 第 219216 号

不是为了告别

著　　者	沙　松
责任编辑	徐曙蕾
装帧设计	张志全

出版发行　　文匯出版社
　　　　　　上海市威海路 755 号
　　　　　　(邮政编码 200041)

照　　排　南京理工出版信息技术有限公司
印刷装订　启东市人民印刷有限公司
版　　次　2019 年 11 月第 1 版
印　　次　2019 年 11 月第 1 次印刷
开　　本　890×1240　1/32
字　　数　100 千
印　　张　6.25

ISBN 978-7-5496-3026-4
定　　价　35.00 元